Melitta Breznik **Figuren**

Melitta Breznik

Figuren

Erzählungen

Luchterhand

1 2 3 4 5 01 00 99

Satz: Fotosatz Reinhard Amann, Aichstetten
Druck und Bindung: Pustet, Regensburg

Printed in Germany
ISBN 3-630-86993-9

Das Haus

Es ist spät in der Nacht, nach langem Lesen muß ich wohl eine Stunde eingeschlafen sein, jetzt liege ich wach, weiß nicht, was mich aus dem Schlaf geholt hat, liege da und lausche. Die Eisentür schlägt im unteren Stock, Schritte, unverkennbar seine Schritte, das hohle Klappern der Absätze auf den Steinplatten vor dem Haus, er trägt die Schuhe, zu denen der Klang gehört, nur mit seinen feinsten Hosen, vielleicht steckt er auch in seinem übertrieben hochgeschlossenen schwarzen Anzug, in dem er sich selbst, wie er manchmal sagt, unwiderstehlich findet. Er wird sich herausgeputzt haben, ist auf dem Weg in die Stadt oder kommt gerade von dort, ich sehe auf die Uhr, es ist nach zwei. Vor ein paar Tagen hat er mich angerufen, der obere Stock im Haus sei für eine Woche frei, es wäre schön, wenn ich ihn wieder einmal besuchen käme, seine zwei Mitbewohner seien auf Urlaub und wären sicher froh, wenn ich die Blumen gießen würde, zu ihm hätten sie in dieser Sache nicht das geringste Vertrauen. Vor Jahren hatten wir alle gemeinsam hier gewohnt, als wir noch mitten im Studium steckten. Er war der älteste von uns, und von ihm glaubte keiner mehr, daß er jemals fertig werden würde. Halbtags arbeitete er in einem Planungsbüro, und er verzettelte sich immer wieder, hatte schon Ausstellungen mit seinen Ölbildern gehabt, mit mäßigem Erfolg, schrieb an Vorlesungsskripten über die Baukunst im Altertum oder kochte manchmal, wenn im Restaurant einer Freundin der Koch wieder einmal krank war und sie die Arbeit nicht schaffte, gegen geringe Entlohnung. Ich hatte ihn schon länger gekannt, als er mich fragte, ob ich nicht mit ihm den unteren Stock dieser heruntergekommenen Villa am Stadtrand mieten wolle. Nach einem Jahr war auch das Obergeschoß frei geworden, und er vermittelte die Wohnung an seine beiden Freunde. Der Garten, den zuvor die mittlerweile verstorbene Hausmeisterin gepflegt hatte, stand uns ohne Einschränkung zur Verfügung, und bis auf ein sorgsam bestelltes Gemüsebeet, ließen wir den Rest vor sich hinwuchern. Ich bin überhaupt nur aus einer Laune eingezogen und hätte nie gedacht, daß ich bis zum Ende meines Studiums bleiben würde. Als ich nach dem Abschluß meine erste Arbeitsstelle im Ausland antrat, hatten wir kaum noch Kontakt, aber in der letzten Zeit meldete er sich wieder öfter, und ich war auch über seine Einladung, die er etwas scheu und förmlich vorgebracht hatte, nicht erstaunt, freute mich, wieder in das alte Haus zurückzukommen und mit ihm gemeinsam am Samstagmorgen über den Bauernmarkt in der Innenstadt zu bummeln, so wie wir es früher oft getan hatten, und vielleicht trafen wir dort sogar ein paar alte Bekannte.

Nach dem gemeinsamen Abendessen, kurz nach zwölf, muß es gewesen sein, war er müde und betrunken die Treppe in seine Wohnung hinuntergepoltert. Seitdem hat er, wie es scheint, keine Ruhe gefunden, er geht jetzt vor dem Haus auf und ab, ich wage nicht aus dem Fenster zu sehen, um ihn auf einen Schlummertrunk heraufzuholen, wie sein Wort dafür war, sooft er mich mitten in der Nacht zu einem Glas Wein eingeladen hatte, nachdem er wieder einmal Stunden schlaflos in der Küche gesessen sein mußte, die kalte Pfeife im Mund. Wenn ich ihn in diesem Zustand antraf, hatte er sich meist eine Kanne Kräutertee aufgegossen oder einen Schnaps eingeschenkt, und zusätzlich stand bereits die dritte oder vierte leere Bierflasche vor ihm auf dem Tisch. Man ahnte sofort, ob er in seiner Grübelei nicht gestört werden wollte und man besser vorgab, nur zufällig hereingekommen zu sein, oder ob man ihn in eine Unterhaltung verwickeln konnte, die dann oft Stunden dauerte und manchmal damit endete, daß er einem um den Hals fiel und sagte, wie gut es sei, richtige Freunde zu haben.

Sein Rumoren ist immer noch zu hören, und sollte er noch in der Stadt gewesen sein, wüßte ich nicht wo, Nachtlokale sind nicht sein Revier, und wenn er sie ausnahmsweise einmal aufsuchte, dann nur in Begleitung. Seit er endlich das Diplom hatte und ganz im Planungsbüro arbeitete, wollte er seinen Ruf nicht aufs Spiel setzen, stand man in dieser Gegend doch immer unter verschärfter Beobachtung, sobald man nicht eine Frau oder wenigstens ein Kind vorzuweisen hatte. Mit langsamen Schritten scheint er zum Auto zu gehen, ich kann mir keinen Reim auf seine Ruhelosigkeit machen, die Schritte verstummen, er muß plötzlich stehengeblieben sein oder sich hingesetzt haben, lange bleibt es still, ich wehre mich dagegen, wieder einzunicken, dann höre ich das Zischen eines Streichholzes, ich bilde mir ein, den Geruch von Tabak durch das geöffnete Fenster riechen zu können, und stelle mir vor, wie er den Rauch mit spitzen Lippen in die Luft bläst, was er immer getan hatte, wenn er angespannt war und immer aufgeregter die runde dickrandige Brille über den Nasenrücken nach oben geschoben hatte. Am Morgen, als er zur Arbeit aus dem Haus ging, habe ich mich in seiner Wohnung umgeschaut, ich wollte sehen, was sich verändert hat, seit ich sie vor Jahren das letzte Mal betreten habe. Schon im Flur hatte ich den etwas anderen Geruch bemerkt, er passte nicht zu dem aus meiner Erinnerung, eine Spur mehr Lack, Bodenwachs vielleicht. Ein massiver Überseekoffer mit rostigen Metallbeschlägen an den Kanten versperrte fast den Durchgang zur Küche, er hatte schon immer eine Vorliebe für schweres Altmobiliar gehabt, Stücke aus dem Dorotheum oder von Flohmärkten, wie den schwarzen Jugendstilschrank neben der Küchentür, den ich gemeinsam mit ihm vom Dachboden einer Freundin geholt hatte. Schon beim Abmessen des Möbels vermochte ich mir nicht vorzustellen, wie dieses

Trumm von uns mit dem Auto weggeschafft werden sollte, aber er wollte es unbedingt versuchen, schleifte sich halb zu Tode daran, ich konnte, überrumpelt von der Vehemenz seines Willens und den Körperkräften, die er entwickelte, obwohl man seiner schwammigen Gestalt das nicht zutraute, lediglich da und dort ein wenig stützen und halten. Ich sehe ihn noch vor mir bei dieser Arbeit, wie er die sperrigen Teile auf seinem Rücken unter Gestöhn und Gepolter über die Stufen zerrte. Überhaupt ist meine Vorstellung von ihm immer an Lärm gekoppelt, sein Hinunterstolpern über die Stiege, je nach Stimmung, einmal in versetztem Schrittwechsel, schnell oder langsam, mit Nachdruck auf jedem einzelnen Schritt, und wenn er dann unten war, krachte die schwere Eisentür, die er hinter sich zufallen ließ, ins Schloß, daß die Wände zitterten. Allein durch die Art der Geräusche wußte man, ob er an diesem Tag guter oder schlechter Laune war, dazwischen gab es wenige Abstufungen, und je nachdem vermied man es, ihn zu treffen, oder man konnte ohne Angst, zurückgestoßen zu werden, auf ihn zugehen. In der Abstellkammer hatte ich nur Chaos vorgefunden, er hatte dort eine Ewigkeit nicht mehr entrümpelt, während wir es früher in regelmäßigen Abständen getan haben. Zwischen kaputten Sesseln und alten Autoreifen quoll nasses Papier hervor, in der Ecke neben dem Fenster hatte ich meine alten Eislaufschuhe und drei ausrangierte Tennisschläger entdeckt, vergessene Überbleibsel nach meinem Auszug. Über allem lag ein grünlicher

Flaum von Schimmel, der die Konturen zu verwischen begann.

Heute, bevor er zum Abendessen heraufkam, hatte ich mir überlegt, wie das Gespräch verlaufen würde, zuerst Fachsimpeleien, die der gemeinsame Beruf von ihm und meinem Vater mit sich brachte, dann Erinnerungen aus der Zeit in diesem Haus, nach und nach würde er deutlicher auf sein vermeintliches Hauptproblem zu sprechen kommen, das auch früher an vielen Abenden Thema war. Aber was in aller Welt sollte ich zu seiner Einsamkeit sagen, seinem Katzenjammer über die Männer, den Mann, oder besser deren Abwesenheit, es gab in Wirklichkeit niemanden, nur wechselnde Flüchtigkeiten und seine wiederholten Versuche, doch jemanden zu finden. Bevor ich endgültig ausgezogen war, hatte ich das Drama um den jungen Bibliothekar miterlebt, der für einen Monat bei den beiden Mitbewohnern im oberen Stock einquartiert war, weil er seine Wohnung renovierte. Es war schmerzhaft gewesen, mitanzusehen, wie er ihn vergeblich umwarb und zuletzt sogar soweit den Kopf verlor, daß er ihm eines Morgens seine Schreibmaschine aus dem Fenster in den Garten warf und sich hinunterstürzen wollte, was im nachhinein wie ein Witz klingt, aber ich weiß nicht, ob er nicht tatsächlich nachgesprungen wäre, wenn wir ihn nicht mit aller Gewalt ins Zimmer zurückgezerrt hätten. Er verkroch sich dann tagelang im Bett, ging nur mehr zur Arbeit aus dem Haus und vermied es, uns ins Gesicht zu sehen oder überhaupt nur in den Garten zu kommen, als die Abende besonders lau waren und wir draußen aßen. Der Bibliothekar war kaum verschwunden, als er eines Tages mit einem Taxifahrer nach Hause kam, der von da an eine Zeitlang jeden Morgen nach Dienstschluß zum Frühstück bei uns vorbeischaute, bis er plötzlich ein Mädchen mitbrachte, das er demonstrativ umarmt hielt, danach tauchte er nicht mehr auf, und unser Freund war wieder mit seinen Träumen allein. Nach einem Monat hatte er endlich aufgegeben, auf den Taxifahrer zu warten, bemühte sich auch nicht mehr, ihn am Telephon oder mit Briefen zu erreichen, nahm sich Urlaub und verschwand zu einem Bekannten nach Deutschland, zur Erholung, wie er sagte, von wo er nach ein paar Tagen betreten zurückkehrte.

Vielleicht war ich diesmal zu ungeduldig gewesen, als ich versucht hatte, das in den üblichen Trübsinn abgleitende Gespräch in andere Bahnen zu lenken, vielleicht wollte er mir noch von seinen jüngsten Bekanntschaften erzählen, aber nach Anekdoten dieser Art ist mir nicht zumute. Er hat das Hoflicht eingeschaltet, ich höre das Rascheln von Papier, so als würde er die Tageszeitung noch einmal durchblättern. Es ist absurd, hinter ihm herzulauschen, aber früher dachte ich manchmal, daß er eines Tages eine Dummheit machen könnte, ohne Vorwarnung, einfach weil er selbst seine Stimmungen nicht mehr erträgt. Alarmiert haben mich wieder die Veränderungen im ganzen Haus, in der Küche und in der Speisekammer sieht es aus, als wären sie von Mäusen regelrecht belagert, umgeworfene Gläser, angenagte Kartoffeln, Schnipsel von Zeitungen am Boden, der Käseteller, sonst gut gefüllt unter der Glasglocke, ist leer, der an der Decke befestigte Brotkorb ausgeplündert, kein frisch geschnittenes Gemüse, das er so oft auf dem Vorratstisch plaziert hatte, mit Liebe zur Üppigkeit des unter seiner Obhut Gewachsenen, er hatte das Gartenbeet immer rechtzeitig gegossen, gejätet und geerntet. Jetzt liegen auf dem Tisch nur mehr vertrocknete Reste, völlig verschrumpelt, überzogen von schwarzer Fäulnis. An der Glasscheibe zur Balkontür am Flur habe ich das Röntgenbild meiner Wirbelsäule entdeckt, das ich ihm auf seine Bitten um ein Photo von mir zum Geburtstag geschenkt hatte, ich war überrascht, es dort aufgehängt zu sehen, und konnte mir nicht recht erklären, ob sein Hang zur Skurrilität den Ausschlag gegeben hatte, oder ob ihm wirklich etwas an der Aufnahme gelegen war, beides war möglich. Im Arbeitszimmer fand ich Bauskizzen, notdürftig mit Klebestreifen an der Wand fixiert, teils hingen sie herab, ringelten sich an ihren freien Enden ein, dort wo sie sich gelöst hatten. Gerade hier hatte er früher auf Ordnung geachtet, und trotzdem waren im ganzen Raum unzählige Gegenstände hingestreut, hingeworfen, wie es schien, aus Wut oder Nachlässigkeit, ich sehe ihn vor mir, wie er eine vom Tisch gefallene Zeitschrift einfach liegenläßt, er war zu rasch aufgestanden, mußte zum Telephon oder eilig das Haus verlassen, jede Bewegung ungebremst, über das Ziel hinaus, ein Glas zerschellte, die übliche Begleiterscheinung, wenn er das Geschirr abwusch, ich hatte mich erst nach und nach daran gewöhnt, hatte nicht mehr fluchtartig die Küche verlassen müssen, die kaputten Gläser waren ein notwendiges Übel, ein Opfer, ich nahm es mit der Zeit nicht mehr persönlich, irgendwann gab man einfach auf, zerbrach sich den Kopf nicht mehr, ob dieser Krach nun etwas zu bedeuten hatte oder nicht. Meist begann er im unerwartetsten Moment zu reden, wenn ich mich gerade hinter die Zeitung oder ein Buch verkrochen hatte oder wir mit den anderen aus dem oberen Stock bei einem Kartenspiel am Küchentisch saßen. Er redete dann über Dinge, die er schon seit einiger Zeit mit sich herumgetragen haben mußte, und diese Anfänge taten weh, ich muß euch etwas sagen, muß mit euch reden, ich habe mir etwas überlegt, er sagte, der Heizölvorrat schmelze zu schnell, oder der gemeinsame Hausgang werde nicht oft genug geputzt, und jedes Wort blieb an der Oberfläche, ritzte aber schmerzhaft die Haut, niemand wußte genau zu sagen, worum es ihm eigentlich ging, nur spürte man, daß es nicht das war, worüber er gerade sprach.

Ich erinnere mich an die Geschäftigkeit, die sich ausbreitete, wenn seine Mutter zu Besuch war, die regelmäßig am Ende des Monats mit ihrem ockerfarbenen Mercedes vor dem Haus vorfuhr, eine groß gewachsene Frau, die aus dem Reden nicht herauskam, alles in Augenschein nahm, was sich seit ihrem letzten Besuch verändert hatte, sich nicht mit Bemerkungen über unsere improvisierte Haushaltsführung zurückhielt und tatkräftig an den wildernden Büschen im Garten Hand anlegte. Sie stachelten sich gegenseitig zu Kritteleien an, die sich jedoch oft in Gelächter auflösten, wenn sie einen gemeinsamen Bekannten gefunden hatten und sich genüßlich über dessen letzten Mißgeschicke unterhielten. Trotzdem blieben sie sich gegenseitig fern, eine Entfernung, die spürbar war, wenn sie einander zum Abschied flüchtig die Hand gaben und sich am Eingang kurz zuwinkten. Die Mutter musterte mich immer wieder, und ich wußte, sie gab die Hoffnung nicht auf, endlich zu hören, daß wir uns entschlossen hatten zu heiraten, es war für sie nicht nachvollziehbar, daß wir nur die Wohnung miteinander teilten. Er hatte ihr sogar einige seiner Freunde vorgestellt, und sie war zu keiner Aussage zu bewegen gewesen, was sie von ihnen hielt, hatte es jedoch auch unterlassen, sie zu sich einzuladen, dieses Privileg war einzig mir und seiner Freundin aus dem Restaurant vorbehalten, nur machte ich davon keinen Gebrauch, es wäre mir eigenartig vorgekommen, bei seinen Eltern im Haus Gast zu sein, vor allem, weil er es nur mehr betreten konnte, wenn sein Vater in den Ferien war oder mit seinem Jagdverein unterwegs, er hatte ihm bereits vor Jahren die Tür gewiesen.

Er ist noch immer nicht schlafen gegangen, vielleicht erwartet er auch jemanden, aber das hätte er mir sicherlich erzählt, denn wir hatten vorgehabt, morgen früh aufzubrechen, wir wollten vor dem Besucheransturm in die Ausstellung kommen, die vor einer Woche im Kunsthaus eröffnet worden war. Ich bin mit ihm immer gern zu Veranstaltungen gegangen, er wußte viel und erzählte begeistert, und manchmal, wenn er besonders ausgelassen war, konnten wir Stunden unterwegs sein, ohne zu merken, wie die Zeit verging. Die Hausbank knarrt, dann lange wieder nichts, es ist kalt draußen, zumindest war das mein Eindruck vor dem Zubettgehen, aber Kälte kann ihm nichts anhaben, er hat sich oft über seine Isolierschicht, wie er sie nannte, lustig gemacht, wenn wir gemeinsam auf der Terrasse vor dem Haus gesessen sind, ich mit Wollstrümpfen an den Füßen, eingehüllt in einen Mantel, den ich eng an den Körper gezogen hielt, nicht selten mit blauen Lippen und Fingern, und er nur im Hemd, er friert sicher auch jetzt nicht. Ich überlege mir, ob ich ihn rufen soll, aber ich liege starr da und kann nur gespannt in die Dunkelheit lauschen, ich würde gern aufstehen, um dem Spuk ein Ende zu machen und schlafen zu können, aber ich habe Scheu davor, ihn zu stören, und möchte nicht, daß er sich ertappt fühlt. Ich sehe ihn noch vor mir, wie er meinen Auszug mit einem Abendessen zelebriert hat, draußen im Garten war der Tisch gedeckt für acht Personen, er hatte überall Schnittblumen verstreut und unzählige Kerzen aufgestellt, die er dann, als es endlich dunkel wurde, mit übertriebener Grazie anzündete, und er verlor kein einziges Wort darüber, daß ich ihn, wie er nachher sagte, böswillig verlassen würde, der Abend verlief nach dem Muster, das ich schon kannte. Er hatte gern für andere gekocht, bemühte sich um Perfektion, Gemüsegerichte oder Schweinsbraten, möglichst alles mit den vorgeschriebenen Zutaten oder mit exotischen Saucen, wahre Salatkreationen und als Nachtisch die unvermeidlichen Palatschinken oder Marillenknödel, es gelang ihm alles vorzüglich, niemand anders als er durfte bei der Anordnung der Dinge seine Finger im Spiel haben, lediglich Handlangerdienste waren erlaubt, wie Gemüse putzen oder Teller vorwärmen. Den Wein, meist von guter Qualität, hatte er aus der Vinothek, die Servietten mußten zum Tischtuch passen, in Natur- und Weißtönen gehalten, er duldete keine anderen Farben um sich, und der einzige Dank, den er sich erwartete, bestand darin, daß die Gäste das Mahl mit feierlicher Miene begehen sollten. Es waren formlose Einladungen, von ihm in einer Laune ausgesprochen, und wenn man ein wenig früher kam, um bei den Vorbereitungen zu helfen oder ihm einfach Gesellschaft zu leisten, bereute man es bald, denn seine lautstarke Hektik ließ Zweifel über das Gelingen des Abends aufkommen. Man setzte sich zu Tisch, und was dann begann, war ein ständig bei solchen Gelegenheiten sich wiederholendes Ritual, ich hatte den Eindruck, als sei ich die einzige, die beobachtete, was vor sich ging. Zunächst würde er langsam zu essen beginnen, bedächtig das Besteck bedienen, aber um die Unterhaltung besorgt, wahrte er stets den Anschein, als sei das Essen nur Nebensache. Er stocherte wie beiläufig in seinem Teller herum, schob hin und wieder einen Bissen in den Mund, und außer einer besonderen Geziertheit war nichts Ungewöhnliches an ihm zu bemerken, wenn er überbesorgt anfing, der Runde nachzureichen, von Mal zu Mal aufdringlicher, die Unterhaltung begann dann langsam zu stocken, bis sie schließlich ganz aussetzte oder in Bruchstücken immer banaleren Dingen zustrebte.

Ich höre von unten das Geklapper von Geschirr, eine Abfolge von Geräuschen, das Gluckern einer Flüssigkeit, die aus der Flasche in ein Glas gegossen wird, das Sägen des Messers an der harten Brotkruste, er hat sich aus der Küche noch etwas zu essen geholt. Ich muß über diese Gleichzeitigkeit schmunzeln, und sie betrübt mich im selben Moment, denn sein Essen hatte immer etwas Beunruhigendes für mich gehabt. Er aß, wie andere Tabletten nahmen, um die Angst zu bannen, sein Hunger konnte nach dem Abendessen, das noch nicht lange her war, keinesfalls groß sein, immerhin hatte er den Nachtisch fast alleine vertilgt. Auch an seinen Einladungsabenden hielt er sich dann irgendwann nicht mehr zurück, aber erst nachdem alle Gäste richtig abgefüttert worden waren, ohne es auch nur bemerkt zu haben, und natürlich legten sie es ihm auch noch als besondere Zuvorkommenheit aus. Er hatte zugewartet, und mit einem Ruck stand er auf, der Sessel kippte unvermeidlich hinter ihm zu Boden, er müsse sich einen Nachschlag holen, und schon häufte er sich seinen Teller randvoll, im Gehen zurück zum Tisch begann er zu schlingen, die Schranken schienen durchbrochen, wie nach tagelangem Hungern schaufelte er alles in sich hinein, so als würde es ihm im nächsten Moment weggenommen werden. Er sprach kaum mehr etwas, trank, mit dem Essen fertig, schnell einige Gläser Wein, bis er sich unter dem Vorwand von unüberwindbarer Müdigkeit verabschiedete, und die Gäste fanden nach und nach allein die Tür. Kaum war der letzte gegangen, setzte ich mich im Garten auf die Bank und hatte keine Eile, das Haus zu betreten und nach ihm zu sehen, er würde von selbst kommen, aus der Toilette am hinteren Ende des Gangs, die sonst nur unseren Besuchern vorbehalten war. Er hatte dann ein unsicheres Lächeln, roch nach Zahnpasta und etwas Parfum, ich blickte ihm nicht in die geröteten Augen und wußte genau, er hatte wieder einmal alles erbrochen. Da erst ging es ihm besser, und er zündete sich verlegen seine Pfeife an, wir saßen schweigend nebeneinander, und nach einer Zeit begann er leise über irgendwelche Unwichtigkeiten des vergangenen Tages zu reden, so als sei nichts geschehen, das Essen erwähnte er mit keinem Wort.

Er sitzt noch immer vor dem Haus und scheint seine Mahlzeit noch nicht beendet zu haben, irgendetwas ist anders als sonst, sein Geklapper klingt wie für Zuhörer, er zieht die Luft durch die Nase ein, als wolle er Tränen zurückhalten, dann ein Hüsteln, vielleicht weiß er, daß ich noch wach bin, und vielleicht ist es ihm recht, und er hat mich von Anfang an eingeladen, damit ich sehe, wie schlecht es ihm geht. Ich denke an die Stapel schmutziger Wäsche, die ich am Boden verteilt liegen gesehen habe, an die offenen Schranktüren, dazwischen irgendwo der Kopf des verknuddelten Teddybären, sein Lieblingsspielzeug aus der Kindheit, von dem er sich nie trennen konnte, und das früher auf dem abgeschabten Ledersessel neben der Anrichte einen Ehrenplatz gehabt hatte. Er geht jetzt ins Haus, ich höre seine Schritte, die etwas leiser klingen als zuvor, er schließt die Eisentür hinter sich ab, was er sonst nie getan hat, das Haus war immer offen gewesen, wer sollte hier schon hereinkommen, und ein Einbrecher hätte ohnehin mühelos Zugang gehabt. Ich beginne zu zählen, vielleicht, um doch noch einzuschlafen, ich mache mir um ihn Sorgen und weiß nicht warum, inzwischen bin ich bei fünfzig angelangt, und als ich ihn die Toilettenspülung mehrmals hintereinander ziehen höre, bin ich beruhigt, es würde heute nichts weiter geschehen.

Die Figuren

Ich stehe über den dünnen Arm gebeugt, an dem ich die Staumanschette schon zum zweiten Mal gelockert habe, nachdem ich mit der Nadel mehrmals die brüchige Vene in der Ellenbeuge verfehlt hatte. Sie sind der erste, der mir von den Fliegern erzählt und von der Wüste, mein Vater ist auch auf die Werbung in der Kinowochenschau hereingefallen und hat sich freiwillig gemeldet, wissen Sie, wo er gelandet ist, bei einer Nachrichteneinheit, keine Flieger, funken, Kabel verlegen, irgendwo im Süden am Meer war er auch. Ich bin froh, ein Thema zu haben, das mich und ihn ablenkt, und endlich gelingt es mir, die Kanüle in das brüchige Blutgefäß zu schieben, ob sie bis morgen hält, weiß ich nicht. Ich finde diese grellen Farben der Infusionslösungen zur Chemotherapie abscheulich und möchte das Zeug gar nicht verabreichen müssen, ich kann es nicht sehen, wenn den Patienten dann schlecht wird, wenn sie die Haare verlieren, und am liebsten würde ich ihm erzählen, wie sehr mich diese bereitwillig dargebotenen Hände, diese ausgestreckten Unterarme erschrecken. Sterben muß ich ohnehin, also hinein damit, so hat er mich empfangen, als ich das Zimmer mit den Flaschen auf dem Tablett betreten habe. Auf meine Bitte zu erzählen, spricht er von seiner Flucht aus dem Gefangenenlager, er sieht mich lächelnd an, und ich weiß, daß er mir meine Neugierde nicht abnimmt. Am Talausgang, nach drei Wochen Fußmarsch, knapp vor dem Dorf haben sie uns geschnappt, mich und zwei andere aus derselben Gegend, wir waren zu übermütig geworden, sind einfach auf der Straße marschiert, aber glauben Sie mir, man paßt nicht mehr auf, wenn man auf einmal jeden Fleck wiedererkennt, jeden Baum, jeden Weg, jeden Kirchturm in der Ferne, man meint, nichts kann einen mehr aufhalten, bis man endlich wieder das Haus vor sich stehen sieht, in dem man aufgewachsen ist. Endgültig heimgekommen bin ich achtzehn Monate nachdem alles vorbei war, meine Eltern konnte ich nur mehr auf dem Friedhof besuchen. Er verstummt und wendet seinen Blick auf die erste über dem Bett hängende Infusion. Die wird jetzt ungefähr eine Stunde vor sich hintropfen, schneller sollte man sie nicht einstellen. Ich stehe langsam vom Sessel neben dem Bett auf, die Wipfel der Fichten vor dem Fenster lassen noch späte Sonnenstrahlen schräg einfallen, und ich bemühe mich, ihn durch ein paar Sätze aufzumuntern. Es stimmt auch, es ist nicht alles verloren, wer kann schon wissen, wie lange es noch dauern wird, der Professor nicht, der Oberarzt nicht, niemand, auch ich nicht, ich schon gar nicht, ich arbeite erst seit zwei Monaten hier in diesem Krankenhaus. Wenn ich ihm sage, daß er wieder gesund wird, durchschaut er mich sofort, auch wenn er für jede

Lüge zuerst dankbar wäre. Bevor ich gehe, bette ich seine magere Hand, deren Haut nur mehr lose am Knochen hängt, in eine Schiene, damit sich nichts loslösen kann, wenn er einschläft.

Er ist nicht der erste, ich habe sie immer wieder erzählen gehört, sie reden, ob man sie fragt oder auch nicht fragt. Es sprudelt aus ihnen heraus, die Kriegsgefangenschaft, die Waffengattung und wo sie überall gewesen waren, von der Wüste bis zum Nordkap. Und ich kann es nicht lassen, zuzuhören, wie ich auch ihm jetzt zuhöre, obwohl ich mir unter manchem, was sie erzählen, nichts Rechtes vorstellen kann, ich sehe Bilder aus Dokumentarfilmen vor mir, rollende Panzer, Fahnen überall, Männer in Uniform, die mich unweigerlich an Photos von meinem Vater erinnern, in der Art, wie sie vor der Kamera posieren, Brust heraus, aufrecht neben der Verlobten auf einer Parkbank, die steile Kappe tief in die Stirn gedrückt, oder mit nacktem Oberkörper in einer Gruppe vor einer Baracke stehend, die Arme den Nachbarn auf die Schultern gelegt, braungebrannt im Gesicht. Sie wiederholen immer die gleichen Geschichten, oft mit ähnlichen Worten, und manchmal habe ich das Gefühl, als hätten sie das alles schon in ihrem letzten Leben erlebt, so weit weg scheint es zu sein. Wenn ich dann irritiert nachhake, nach Einzelheiten forsche, erhalte ich ausweichende Antworten, wie soll es schon gewesen sein, heiß war es im Süden und kalt im Osten, zuletzt gab es wenig zu essen, daran erinnern sie sich noch, dann Stille, oder das Abschwenken auf etwas Alltägliches, oder überhaupt nichts. Er ist einer der wenigen, der sich genauer erinnert, und es scheint, als stünde ihm noch vieles lebendig vor Augen, als wäre der Krieg nicht wirklich vorbei. Vielleicht spürt er, daß ich auch etwas über meinen Vater herausfinden will. Wer interessiert sich schon für längst vergangene Zeiten, seine Frau habe sich kaum danach erkundigt, als er mit den Entlassungspapieren der Amerikaner in Händen vor der Haustür gestanden sei, und seine Kinder hätten ihn später auch nicht danach gefragt.

Mein erster Besuch in seinem Zimmer war vielleicht um acht, soweit ich mich erinnere, hatte er zu dieser Zeit die Figuren mit keinem Wort erwähnt, und erst bei meinem zweiten Besuch um zehn Uhr bemerkte ich seine Unruhe, die ihn zwang, ständig die Lage zu verändern. Ruhig wurde er erst, als er sich über die eingebundene Hand zum Nachtkästchen lehnte und aus der Lade eine flache abgegriffene Holzschachtel zog, die er vor sich auf die Bettdecke legte, ich zeige Ihnen etwas. Mit vorsichtigen Fingern öffnete er sie und holte mehrere kleine Männchen aus Holz heraus, die er nebeneinander in den aufgeklappten Deckel stellte. Wissen Sie, es hätten Soldaten werden sollen, für meinen Neffen, es war immer sein Wunsch gewesen, Zinnfiguren zu besitzen, ich habe bereits im Krieg mit der Arbeit begonnen, damals im Lazarett, mit ein paar Granatsplittern in der Hüfte hatte ich Zeit genug. Vor ein paar Wochen beim Aufräumen habe ich sie im Werkzeugschrank wiedergefunden, ich hatte sie schon vergessen gehabt, und da waren sie plötzlich, ganz verstaubt und verdreckt. Ich habe mich an meinen Plan erinnert, war überrascht, wie klar die Truppe mit ihren fünfzig Mann erneut vor mir gestanden ist, und jetzt sehen Sie her, er zeigt mir eine von den Figuren, die einen kahlen Kopf hat und eine grinsende Fratze, als stünde sie an einem mittelalterlichen Kirchenportal, um das Böse zu vertreiben. Keine Figur ist der anderen ähnlich und doch sind sie miteinander verwandt. Die erste hat in der Krankenbaracke mein Bettnachbar geschnitzt, ein paar Tage darauf wurde er noch einmal in den Operationssaal geholt, und von dort ist er nicht mehr zurückgekommen. Ich habe sie am nächsten Morgen unter seinem Bett gefunden und behalten, mit ihr hat alles angefangen. Während er mich anschaut, nehme ich die Figur in die Hand. Finden Sie nicht auch, daß diese Kerle einem Trupp verwahrloster Krieger nach der Schlacht gleichen. Ich stelle sie wieder in den Deckel der Schachtel zurück und weiß nicht, ob ich ihm zustimmen soll oder worauf er hinaus will. Vielleicht können Sie morgen, wenn es Ihnen besser geht, daran weiterarbeiten, haben Sie Werkzeug dabei? Er holt ein in vergilbtes Leinen gewickeltes Bündel aus dem Nachtkästchen und rollt es sorgfältig mit einer Hand auf. Sicher, aber die Schwestern werden keine Freude mit mir haben, wenn ich Dreck mache. Lassen Sie die nur reden, beruhige ich ihn, die sollen froh sein, wenn Sie sich etwas Ablenkung verschaffen. Er bittet mich, die Jalousie am Fenster herunterzulassen, der Anblick der schwarzen Bäume würde ihn unglücklich machen, er wolle noch ein bißchen dösen. Ich wage nicht zu gehen, mache mich an der Infusionsleitung zu schaffen, er starrt auf die Decke, und nach einer Weile frage ich ihn, ob ich das Licht löschen soll, was er verneint, und ich verlasse das Zimmer. Vor Mitternacht werde ich wiederkommen, um die nächste Infusion anzuhängen. Es ist still auf der Station, die Nacht sollte ruhig werden.

Als ich nach zwei Stunden das Zimmer wieder betrete, das er seit einigen Tagen allein für sich hat, schläft er nicht und erwartet mich schon. Sein Bettnachbar ist nach einer Lungenentzündung gesund nach Hause entlassen worden, und es scheint ihm recht zu sein, niemanden neben sich zu haben, auf den er Rücksicht zu nehmen braucht. Aber es geht ihm nicht gut, er wirkt angespannt, die Schachtel mit den Figuren und das Schnitzwerkzeug hat er neben sich unter dem Lichtkegel der Nachttischlampe plaziert, die kleinen Gestalten stehen noch immer in einer Reihe ausgerichtet und sehen ihn an. Er liegt tief in seinen Polstern und wirkt grau und eingefallen. Jetzt ist mir schlecht, ich dachte schon, ich würde ohne alles wegkommen, aber es hat mich doch noch erwischt. Die Flasche ist leer, ich habe mich nicht zu klingeln getraut, und jetzt muß ich eine rauchen. Er beginnt, in seiner Toilettentasche zu kramen, hält mir zwei Zigaretten und ein Feuerzeug hin, ich weiß, Sie rauchen auch, ich habe schon öfter in der Tasche Ihres Arbeitsmantels ein Päckchen gesehen, und das auf einer Lungenabteilung, schämen Sie sich nicht, er grinst, während ich überlege, wie ich ihn am besten ins Fernsehzimmer transportieren könnte, dem einzigen Ort, an dem man rauchen darf, doch das ist zu umständlich, und zum Aufstehen ist er zu schwach. Also das Bett auf den Balkon und kein Wort darüber, wenn Ihnen nachher noch übler ist, wissen Sie wenigstens weswegen. Über seinen Vorschlag zu rauchen bin ich erleichtert, ich hätte ohnehin nicht gewußt, wie ihn jetzt noch aufmuntern, mit einer Injektion gegen die Übelkeit, mit einer Tasse Pfefferminztee, nach Kriegsgeschichten ist mir nicht zumute. Draußen weht ein warmer Nachtwind, der den Rauch der Zigaretten in der Luft zerreißt. Er inhaliert hastig, so als habe er Angst im nächsten Augenblick ertappt zu werden, er unterdrückt ein Husten, und ich frage mich, ob ich ihm vorschlagen soll, es bei der Hälfte zu lassen, muß dann aber über meine dumme Dienstlichkeit lachen und sehe einfach hinüber ins Schwarz des Waldes, von wo manchmal ein Lichtschein heraufhuscht, um gleich darauf wieder zu verschwinden. Er liegt mit vor dem Brustkorb verschränkten Armen da, hält nachlässig die Zigarette in der Hand und stößt kleine Wölkchen aus dem Mund, danach wird sein Husten stärker, während ihm die Haare ins Gesicht fallen, das vor Anstrengung dunkel angelaufen ist. Er scheint bemerkt zu haben, wie ich die Strähnen an seiner Stirn mustere, glauben Sie, die Haare werden mir ausfallen, ich war mit Ende dreißig schon grau, das hat mir nichts ausgemacht, aber vor einer Glatze habe ich mehr Angst als vor dem Tod. Er preßt die einzelnen Wörter heraus, während er versucht, das Husten zu unterdrücken, er lacht, und nach einer Pause sieht er mich mit einem Blick an, der mich erschreckt, was meinen Sie, wie lange dauert es überhaupt noch, ich würde mit Ihnen wetten, daß ich diese Woche nicht mehr schaffe. Ich habe meine Therapie nur angefangen, um meine Frau zu beruhigen. Als ich damals die Figur unter dem Bett gefunden habe, ahnte ich, daß ich dort weitermachen sollte, wo mein Nachbar aufgehört hat, obwohl ich nicht wußte, was er damit vorhatte, die Soldaten waren dann meine Idee, aber ich habe mich erst jetzt wieder daran erinnert. Er hat fertig geraucht, wendet seinen Blick den Bäumen zu, und ich schiebe das Bett wieder ins Zimmer, während er sagt, es ginge ihm jetzt besser, was ja eigentlich nicht der Fall sein könne, aber trotzdem sei es so, er wolle versuchen zu schlafen. Als ich mich über seinen Arm beuge, um die Kanüle zu verstöpseln und zu verbinden, sehe ich am Boden eine der Figuren liegen, die mir mit lachendem Greisengesicht entgegenblickt, die Hände am Rücken verschränkt, liegt sie da, abseits von den anderen, die noch immer im Deckel der Schachtel in Reih und Glied stehen, aber als ich sie wieder an ihren Platz stellen will, überrascht mich der Pfeifton des Piepsers, und ich beeile mich, mit der Arbeit fertig zu werden, ohne weiter darauf zu achten.

Nach mehreren Patientenbesuchen auf anderen Stockwerken denke ich wieder an ihn, und als ich das Zimmer betrete, sehe ich das bläulich fahle Licht des beginnenden Morgens auf seiner Bettdecke liegen, das durch die geöffnete Balkontür hereinfällt. Ich lausche angestrengt auf das Ziehen seines Atems im Raum, das ich jedoch zwischen den anderen Geräuschen, die vom Gang her an mein Ohr dringen, nicht ausmachen kann, ich trete näher, suche nach den rhythmischen Bewegungen des Brustkorbs, bin mir nicht sicher und taste nach der Hand, die weggestreckt vom Körper ein Stück über die Bettkante herausragt. Sie ist kalt. Ich fühle nach dem Puls, den ich nicht spüren kann, taste an die Halsschlagader, und nach einer Weile streiche ich wie im Reflex über die geschlossenen Augenlider. Es bleibt Zeit genug, die Schwester zu rufen, die mir helfen wird, ein EKG zu schreiben, sie wird ihn danach waschen und in seinen Anzug kleiden, den er mit der sarkastischen Bemerkung mitgebracht hat, für den Sonntagsausflug, falls ich hier wieder einmal hinaus darf, und ohne daß es mir richtig bewußt ist, setze ich mich auf den Bettrand, lege die Figuren eine nach der anderen zurück in die Schachtel und sehe mir dabei jede genau an.

Am Vormittag nach der Visite stehle ich mich kurz von der Arbeit weg und gehe noch einmal in das Zimmer, ich öffne die Balkontür und zünde mir eine Zigarette an. An das Geländer gelehnt, betrachte ich das leere Bett, das offenstehende Nachtkästchen, das bereits ausgeräumt ist. Seine Frau, die gleich am Morgen gekommen war, hat die verbliebenen Dinge mitgenommen, eine kleingewachsene Frau, die älter aussah, als ich sie mir nach seinen Erzählungen vorgestellt hatte. Es sieht nach eiligem Aufbruch aus, das herunterhängende Leintuch, das sich von der Unterlage gelöst haben muß, als man den Körper in den Blechsarg gehoben hat, die geöffneten Türen des Einbaukastens neben dem Eingang, das Handtuch, das nach dem Waschen am Fußende des Bettes vergessen worden ist, die Waschschüssel, die auf dem kleinen Tisch steht, an dem er manchmal Briefe geschrieben hat, an seine Tochter im Ausland, die nächste Woche auf Besuch kommen sollte. Ich lasse mir Zeit, zu Mittag wird hier alles gesäubert sein, frisch überzogen, das Bett desinfiziert. Man wird nichts mehr finden, keine Spuren von dem, was vorher war, ich wende mich zum Gehen, dämpfe die Zigarette am Fensterbrett aus und sehe beim Zurückkommen ins Zimmer die eine Figur noch am Boden unter dem Bett, die ich in der Nacht dort liegengelassen habe. Nach kurzem Zögern hebe ich sie auf und verstaue sie in der Tasche meines Arbeitsmantels, während ich sehe, wie die Putzfrau die Tür öffnet, vor sich her ihren Wagen ins Zimmer schiebt und dabei laut mit der Schwester schwätzt.

Dein Name

Diese Geschichte geht mir schon seit einiger Zeit im Kopf herum, sie hat mich oft an dich denken lassen, an die Zeit damals, als wir zusammen gewohnt haben, und an den Moment, als du zutraulich wie noch nie in mein Zimmer gekommen bist, mich mit einer spürbaren Scheu in deinen Gesten vorsichtig geweckt und leise das Frühstückstablett auf den Schreibtisch gestellt hast. Ich wußte, etwas war anders als sonst, in der Art wie du dich zu mir gesetzt hast, und ich sehe dich noch vor mir, mit übereinandergeschlagenen Beinen, auf einem alten Reisekoffer, in einem kurzen roten Rock, die übrigen Kleidungsstücke an dir in Schwarz, dein Gesicht blaß geschminkt wie immer. Du mußtest lautlos hereingekommen sein, und obwohl es schon Jahre her war, erinnerte ich mich in jener verregneten Nacht auf der Notfallstation des Krankenhauses, in dem ich arbeitete, an jedes Detail dieses Morgens, als dort eine Frau auftauchte, die denselben Namen hatte wie du. Die Überraschung war für mich so groß, daß ich sie zuerst gar nicht richtig wahrnahm und nur an dich dachte, und auf einmal warst du da, wie du mir eine Tasse Tee eingeschenkt hast, ich sah den Lichtschimmer auf deinen Händen, den der Schein der Morgensonne an den

Scheiben gegenüber durch das geöffnete Fenster zurückwarf, während du belustigt von deinem Ausflug auf einen Flohmarkt am Vortag erzählt hast. Wir hatten uns im letzten Schuljahr kennengelernt, und ich war froh, in dir so etwas wie die immer vermißte Schwester gefunden zu haben. Später im Studium hast du mich dann irgendwann gefragt, ob ich nicht Lust hätte, zu dir und ein paar anderen in eure Wohngemeinschaft zu ziehen, es wäre gerade ein Zimmer frei. Ob du dich auch daran erinnerst, wie zuversichtlich wir davon gesprochen haben, daß wir uns nie aus den Augen verlieren wollten, in dem Park neben der Vorklinik, und uns ausmalten, wie es sein würde, wenn wir endgültig die letzte Prüfung an der Universität bestanden hätten. Wir wollten weg aus der Stadt, ins Ausland, auf gar keinen Fall heiraten, Kinder in die Welt setzen und uns mit einem Dasein zwischen Windeln, Kochtöpfen und Schulaufgaben zufriedengeben. Wir hatten keinen Zweifel, daß wir es besser machen würden als unsere Mütter, anders auf alle Fälle, und wir versicherten uns, aneinander festzuhalten, was in aller Welt sollte uns trennen.

Es war dein Name am Telephon, ausgesprochen vom diensthabenden Chirurgen, der mich weckte, es sei dringend, eine Patientin müsse beurteilt werden, nach einem Selbstmordversuch, die Schnitte am Handgelenk wären bereits versorgt, die Chirurgen sehen nur die Verletzungen, die glatten roten Wunden, die bläulichen Nähte, die verräterisch mit ihren Enden aus dem Fleisch ragen. Beim nochmaligen Nachfragen wieder dein Name, den ich zu Anfang, ganz verschlafen, glaubte mißverstanden zu haben, es war mir fast nicht möglich, meine Aufregung zu verbergen. Ich wußte nicht, was ich denken sollte, was erwarten, ob ich mich freuen sollte, dich wiederzusehen, wohl kaum in dieser Situation, es kam mir absurd vor, und ich sträubte mich gegen die Vorstellung, daß du versucht haben solltest, dir die Pulsadern aufzuschneiden, ganz abgesehen davon, daß ich dich nicht in der Stadt vermutet hätte. Es war zwei Uhr morgens, und ich mußte beim Durchlesen von Krankengeschichten auf dem Bett eingeschlafen sein, als ich vom Klingeln aufschreckte und der Chirurg nervös auf mich einredete, er könne die Lage schwer abschätzen, aber nach allem, was er weiß, müsse er fürchten, die Frau könnte sich vor die nächste Straßenbahn werfen, wenn er sie nach Hause ließ. So schnell wie möglich strich ich meine Hose glatt und ordnete meine Haare, ich wusch mir in Eile das Gesicht, und beim Blick in den Spiegel sah ich dich in Gedanken bereits mit verbundenen Händen vor mir liegen, und mir kam gleichzeitig in den Sinn, wie du damals immer wieder in eine Unterhaltung vertieft am Tisch gesessen warst, im kalten Gang der Wohnung, den wir aus Platzmangel zur Gemeinschaftsküche umfunktioniert hatten. Du hattest Diskussionen geführt, von denen ich nicht wußte, wie ernst sie dir tatsächlich waren, mit den Besuchern, die auf dem Weg in ihre Vorlesungen für eine

Tasse Kaffee bei uns vorbeischauten. Man schneite einfach herein, ohne Voranmeldung, war willkommen, nicht alle, aber die, die es nicht waren, bekamen es gleich zu spüren, und es waren angenehme Abwechslungen, solange sich die Zahl der Gäste in Grenzen hielt. Selten konnte dich jemand begeistern, deine Verachtung stand dir unverhohlen im Blick, meist hattest du schnell etwas gefunden, womit du deine Überlegenheit in einem hingeworfenen Satz demonstrieren konntest, einem Satz, der einen Ahnungslosen wie ein Messerstich ins Gekröse traf. Ich erinnerte mich wieder an die Pose deiner Hand, in der du die Zigarette gehalten hast, um mit einer koketten knapp gehaltenen Bewegung den Rauch zwischen den Sätzen hektisch über die Schulter zu blasen. Während ich mir den Arbeitsmantel überzog und die notwendigen Unterlagen zusammensuchte, rechnete ich nach, wieviele Jahre seitdem vergangen waren, und fragte mich, ob du noch immer etwas mollig warst, die langen schwarzen Haare exakt in einer Linie schulterlang geschnitten, tobend, wenn sie beim Friseur ein paar Millimeter zu kurz geraten waren. Atemlos durchquerte ich die schwacherleuchteten langen Gänge, bis ich vor dem Eingang der Notaufnahme innehielt und mich bemühte, ruhiger zu werden, bevor ich die Tür öffnete. Ich sah mein gleichgültig wirkendes Gesicht in der Spiegelung der Glaswand hinter dem Schreibtisch des Chirurgen, und noch bevor ich nach dir fragen konnte, entdeckte ich die Frau, die mit Verbänden an beiden Handgelenken in sich zusammengesunken auf einem Sessel in der ersten Untersuchungskoje kauerte, und war erleichtert, daß es nicht du warst. Sie war in einem erbärmlichen Zustand, ich ging auf sie zu und stellte mich als die diensthabende Psychiaterin vor, die man zugezogen hatte, um ihr ein paar Fragen zu stellen. Als ich mich zu ihr setzte, wich sie zunächst meinem Blick aus, und ich konnte nur einen Teil ihres Profils unter den in Strähnen herabhängenden braunen Haaren sehen, die verklebt waren von vertrocknetem Blut. Ich fragte sie, ob sie sich erinnern konnte, was geschehen war, worauf sie sich mir abrupt zuwandte, als wollte sie im nächsten Moment aufspringen und auf mich losgehen oder einfach an mir vorbei zum Ausgang laufen, aber sie erstarrte mitten in ihrer Bewegung, sah mich aus großen Augen an, und etwas in ihrem Blick alarmierte mich und ließ mich dich für einen Moment vergessen. Es war eine Mischung aus Entsetzen und Wut, und ich sagte ihr, daß sie sich Zeit lassen sollte, und stand auf und füllte einen Pappbecher mit Wasser, den ich auf den kleinen Tisch neben sie stellte. Bevor ich wieder meinen Platz einnehmen konnte, begann sie zu schluchzen, die Tränen rannen ihr über die Wangen, während sie eine Hand ausstreckte und mich kaum hörbar um Entschuldigung bat und das Wasser an ihre aufgesprungenen Lippen führte. Sie hatte sich im Sessel etwas aufgerichtet, um nichts zu verschütten, und ich sah, daß sie großgewachsen war, ihre Hände hatten Schwielen und die Finger kurzgeschnittene Nägel. Sie erzählte stockend, in knappen Sätzen, davon, wie sie ihr Mann verlassen hatte, streckte dabei immer wieder ihre Handgelenke vor und flüsterte, es wäre seine Schuld, und es gab für mich keinen Zweifel, ich mußte sie einweisen. Nach längerem Zureden gab sie nach, ließ sich von mir zum Rettungsauto begleiten, und ich sank erschöpft auf eine der überdachten Bänke vor dem Hauptportal, sah den Rücklichtern des Wagens nach, die im Regen verschwanden, und wußte nicht, was ich in einer solchen Situation mit dir getan hätte.

Das letzte Mal haben wir uns im Lesesaal der Bibliothek getroffen, du hattest deine Haare rot gefärbt, und ich blickte mich, über die neben mir aufgetürmten Bücher hinweg, immer wieder nach dir um. Ich war enttäuscht, daß du ein paar Tage nach meinem Auszug aus der Wohngemeinschaft vorgabst, mich nicht mehr zu sehen, wir waren in den zwei Jahren zuvor doch geradezu unzertrennlich gewesen. Eine Zeitlang hatte ich dich fast jeden Abend für eine Stunde oder zwei in die ein paar Straßen weiter gelegene Diskothek begleitet, wo ich einfach an die Wand gelehnt dagestanden war und dir beim Tanzen zusah, deine langsamen Bewegungen im sich brechenden Licht verfolgt hatte, ohne mich für irgendetwas anderes zu interessieren, und es war so etwas wie ein Frevel gewesen, wenn es einer der Tänzer wagte, dich aufzufordern, oder jemand der Umstehenden mich ansprechen wollte, während ich meinen Blick auf dich gerichtet hatte. Zu Hause angekommen, machten wir uns über die letzten Reste im Kühlschrank her und blieben, in Wolldecken eingehüllt, eine Weile in der Küche sitzen, bis wir endlich müde wurden, und das nachhallende Brummen der Bässe in unseren halbtauben Ohren abgeklungen war oder einer der Mitbewohner aus seinem Zimmer rief, wir sollten doch endlich leiser sein. Einmal waren wir auf der Suche nach einem deiner zahllosen Verehrer losgezogen, der dich durch eine abfällige Bemerkung über einen deiner extrem kurzen Röcke beleidigt hatte. Wir waren in der Vorstellung durch die Stadt gepilgert, dich rächen zu müssen, und sei es nur dadurch, daß wir in den Lokalen, die er bevorzugte, auch anwesend sein wollten. Es war Winter und eiskalt, die Straßen waren spiegelglatt und im Stadtpark lag knietief der Schnee, als wir nach Mitternacht aufbrachen. Du hast nur ein dünnes Sakko über dem Minikleid getragen, weil du unbedingt schick aussehen wolltest. Ich bin dir gefolgt wie ein Hund, der eigentlich lieber hinter dem warmen Ofen geschlafen hätte, aber ich konnte dich mitten in der Nacht nicht allein lassen, du solltest nicht spüren, wie kopflos die ganze Aktion war, und ich tat so, als hätte ich selbst einen Grund gehabt, noch wegzugehen. Außer spät am Abend warst du selten aus dem Haus zu bringen gewesen, manchmal hatte man dich im Café angetroffen oder auf dem Gemüsemarkt am Freitagmorgen, du warst viel in der Wohnung geblieben, ohne jemals wissen zu wollen, was es sonst noch zu tun gab, zu sehen, im Tageslicht, vor dem du deine blasse Haut immer rechtzeitig versteckt hast. Kaum jemals war es mir gelungen, dich für etwas anderes zu gewinnen, selbst Spaziergänge erschienen dir unerträglich, wenn die Landschaft nicht durchgehend idyllisch war oder Bäume die Sicht verstellten. Also beschränkten wir uns auf nächtliche Streifzüge, und manchmal ärgerte ich mich über deine Trägheit, bis mir aus dem geringsten Anlaß der Kragen platzte, wenn du wieder einmal heimlich den größten Teil des Kuchens gegessen hattest, den mir meine Mutter alle paar Wochen schickte. Wir haben nie darüber geredet, aber es gab so etwas wie ein Übereinkommen, daß wir uns gegenseitig immer an die erste Stelle reihten, und als ich eines Abends einen Studienkollegen zum Essen mitbrachte, hätte es mich nicht wundern dürfen, daß dich auf einmal alles an mir störte. Nicht einmal die Rose, die ich nach dem mißglückten Abend als Entschuldigung mitbrachte, fand deine Gnade, du hast sie aus der offenen Balkontür deines Zimmers in den Hof geworfen und mich beschimpft. Ich stand da und begriff nichts, es war ein Frühlingsabend, und ich erinnere mich an das Geklapper von Tellern, das aus den gegenüberliegenden Küchenfenstern zu hören war. Ich konnte die Streitereien, die dann immer öfter folgten, nicht mehr ertragen, und es waren nur noch ein paar Monate, bis ich ausgezogen bin.

Die Frau habe ich nach der ersten Nacht auf der Notfallstation noch mehrmals gesehen. Sie hatte nach ihrer Entlassung aus der Klinik eine Behandlung bei einer Kollegin begonnen, und wir begegneten uns von da an regelmäßig im Stiegenhaus oder im Warteraum. Am Anfang wirkte sie scheu, sie versteckte sich hinter der Zeitung, die sie gerade las, oder schlüpfte schnell in den Lift, wenn ich das Stiegenhaus durch die Glaseingangstür berat und sie mich schon von weitem gesehen haben mußte, aber dieses Versteckspiel hörte irgendwann auf, und ich hatte den Eindruck, daß es ihr besser ging, als sie eines Morgens auf mich zukam, um mir die Hand zu geben und sich bei mir zu bedanken. Von da an wechselten wir fast bei jeder Begegnung ein paar Worte, und ich stellte immer wieder fest, daß sie in ihrer ganzen Erscheinung das genaue Gegenteil von dir war. Sie hatte braune Augen, war kräftig gebaut und wirkte in ihrem Auftreten hart, ihre Haut war von der Sonne gebräunt, und sie hatte im Unterschied zu dir nichts Laszives an sich. Aber trotzdem mußte ich an dich denken, jedesmal von neuem, und ich hätte dir fast geschrieben, einfach um ein Lebenszeichen von mir zu geben und dich wissen zu lassen, daß es mich noch gab.

An einem nebeligen Samstagmorgen glaubte ich sie zu sehen, als ich gerade in die Stadt spazierte, aber ich war mir nicht sicher, sah der Gestalt nach, die an mir vorbei auf die Altstadt zuradelte, heftete meine Augen auf den breiten Rücken, der mir vertraut erschien, und glaubte, ihr Profil im Vorbeifahren erkannt zu haben, mit der kurzen Nase, die nicht so recht zu den kräftigen Backenknochen passen wollte. Es machte den Eindruck, als ginge es ihr gut, ich schlenderte über die Brücke beim Bahnhof, und auf einmal hatte ich ohne Vorwarnung dein hohes verständnisloses Lachen im Ohr. Dann starrte ich noch eine Zeitlang in die Richtung, bevor ich in ein nahegelegenes Café ging, und ich hatte bereits alle Zeitungen durchgeblättert, als ich plötzlich auf der letzten Seite des Blattes hängenblieb und immer von neuem die Buchstaben aneinanderzureihen versuchte, es konnte nicht sein, dein Vorname, dein Nachname, man würde dich in zwei Tagen hier beisetzen. In dem schwarz umrahmten Viereck, war weder ein Name von irgendwelchen Hinterbliebenen, noch ein Geburtsort angegeben, nichts, an dem ich mich hätte festhalten können, und ich wünschte mir, vorher auf der Brücke jemand anders gesehen zu haben, nicht die Frau von der Notfallstation. Ein paar Tage später erfuhr ich, daß sie sich das Leben genommen hat, angeblich an ihrem Geburtstag, und als ich mich entschloß, ihr Grab aufzusuchen, ahnte ich, daß es zu spät war, mich bei dir zu melden, wie ich es vorgehabt hatte, seit ich ihr das erste Mal begegnet war.

Hannes

Der übliche Geruch nach Kühen und Mist liegt in der Luft, als ich wach werde, das niedrig in die Holzwand eingesetzte kleine Fenster der Schlafkammer lenkt den Blick auf den Hang gegenüber, dessen Konturen sich gegen den dunkelblau leuchtenden Himmel scharf abheben. Es ist vier am Morgen, der Wecker muß schon abgegangen sein, und ich klopfe an die dünne Holzwand neben dem Gestell, auf dem ich mit Matratzen notdürftig mein Bett eingerichtet habe, aber von Paul ist nichts zu hören. Die Zeit würde knapp reichen, um die Kühe fürs Melken zusammenzutreiben, die sich in so kalten Nächten irgendwo im Wald verstecken und nicht rühren, wenn man an ihnen vorbei durch die Dunkelheit stolpert, sie bleiben zusammengekauert hokken, dort, wo der Boden von ihren schweren Körpern gewärmt ist. Wie immer am Morgen beginne ich leise vor mich herzufluchen, während ich in die schmutzigen Kleider schlüpfe, die ich, beim Zaunflicken vom Regen überrascht, gestern am Abend über dem Ofen zum Trocknen aufgehängt habe. Ich lasse den Hund hinaus, der es kaum erwarten kann, ungestört herumzustreichen, er ist erleichtert, wenn ich ihn nicht zu den Tieren mitnehme, er kann diese stinkenden Ungetüme, die nach ihm treten, nicht ausstehen. Wir haben Anfang August, bis Mitte September würde ich jeden Tag um diese Zeit aufstehen, und es würde mit jeder Woche finsterer und kälter werden hier oben, bis das Vieh ins Tal gebracht wird. Diese ersten Stunden des Tages müssen überstanden werden, und meistens, wenn ich mit dem alten Pritschenwagen den holprig ausgewaschenen Schotterweg hinunterfahre, daß die vollen Milchkannen auf der Ladefläche aneinanderschlagen und in den Kurven beinahe umkippen, bis sie wieder ins Gleichgewicht kommen, bin ich befreit, und ich muß lachen, über die lose Beifahrertür, die ich mit einem Strick an der Handbremse festgebunden habe, das Röhren des kaputten Auspuffs und den kläffenden Hund, der vor dem Auto hin- und herspringt, als sei alles nur ein Spiel. Wenn ich dem Milchführer noch rechtzeitig das letzte Stück Weg abschneide, habe ich Zeit gewonnen und ich fühle, wie die Spannung nachläßt, meine kalten Zehen zu kribbeln beginnen und mein Gesicht warm wird. Er steigt gleich verstockt wie jeden Tag aus seinem hellblauen Tankauto, grüßt kaum, und während er das Saugrohr in die Kannen hält, versuche ich ihm ein paar Worte über das Wetter oder das Sommerfest im Talgasthaus zu entlocken, und zum Schluß nehme ich das von mir bestellte Stück Käse aus der Sennerei entgegen sowie die Post, die er mir mitgebracht hat, und verabschiede mich, nicht ohne noch erzählt zu haben, wie Paul und ich am Vortag Stunden dafür gebraucht hatten, eine Kuh auf die Nachbaralm zum Stier zu treiben, und ich dabei in einem Brombeerstrauch gelandet war, um die Kratzer in meinem Gesicht zu erklären, die ihm aufgefallen sein mußten. Dann schaue ich ihm zu, wie er in die Fahrerkabine klettert, und sehe dem Auto nach, bis es in der Biegung hinter der Brücke verschwindet.

Nach der Arbeit am Morgen, wenn die Kühe wieder auf der Weide und alle Kannen gewaschen sind, ist beim Frühstück Zeit zum Lesen, die Zeitungen, die Post, und während dieser zwei Stunden, die jeder von uns mit sich beschäftigt ist und die Wärme der Hüttenstube genießt, bedaure ich nicht, daß wir uns diesen Sommer dafür entschieden haben, das Geld für unser Studium auf der Alm zu verdienen. Als Paul das erste Mal mit diesem Vorschlag kam, habe ich nur gelacht, es war mir absurd erschienen, etwas tun zu wollen, von dem ich eigentlich nichts verstand. Paul hatte mich damals im richtigen Moment gefragt, denn ich mochte nicht mehr hinter dem Schreibtisch sitzen, nachdem ich die Anatomieprüfung im Frühjahr endlich im zweiten Anlauf geschafft hatte. Ich hatte genug von der Bibliothek, von Krankheit und Tod und davon, zu spät ins Bett zu kommen, wenn ich in der Nacht noch panisch nach dem Lernen das Haus verlassen hatte, um allein in eine Diskothek zu gehen, wo ich beim Tanzen alles um mich vergessen konnte. Wie gut war es, den Tag in den Lichtspielen zu ertränken, wenn die Musik so laut aus den Boxen dröhnte, daß sie meinen Herzrhythmus zum Stolpern brachte, meine Atemzüge zwischen zwei donnernden Schlägen einzwängte und sie nicht mehr dem selbstverständlichen Takt des Körpers überlassen blieben.

Die Post holen wir sonst einmal in der Woche auf dem Postamt im nächsten Dorf, wenn wir alles eingekauft und uns mit Zeitungen, Süßigkeiten und Zigaretten für die nächsten Tage versorgt haben. Nach drei Wochen, in denen ich nichts von Hannes gehört hatte und nicht so recht wußte, ob ich mich bei seiner Mutter melden sollte, endlich wieder Nachricht, zwei Umschläge, mit winzigen feinlinigen Buchstaben beschrieben. Ich lehne mich zurück, suche im Stapel alter und neuer Zeitungen den Brief, den er zuerst geschrieben haben muß, versuche den Stempel auf der Marke zu entziffern, den anderen lege ich auf die Seite, ich werde ihn am Abend lesen, um die Freude aufzusparen, denn manchmal falle ich in mich zusammen, wenn alle Briefe offen und alle Zeitungen gelesen sind, und ich habe Angst vor diesem Moment, in dem ich mich abgeschnitten fühle vom Leben, das außerhalb des Tals vor sich geht, ohne auf mich zu warten. Hannes schreibt, daß es ihm besser geht, schon seit zwei Wochen, und wenn es so bliebe, würde er gerne hierherkommen, er habe schon mit seinem Freund gesprochen, der ihn mit dem Auto bringen könnte, aber noch sei es zu früh, er schaffe es nicht, weit zu gehen und sein Gewicht wäre zu gering. Am liebsten würde er auf der Holzveranda vor der Hütte in der Abendsonne sitzen, er freue sich darauf, mich bald zu sehen, ich solle auf mich aufpassen und auf den Hund. Ich lege den Brief zur Seite und bin froh, daß Paul sich hinter der Zeitung vergraben hat und nicht zu mir herübersieht, wie ich hinausschaue auf diesen unerschütterlich mit grünen Fichten bestandenen Hang gegenüber. Irgendetwas läßt mich nicht an die gute Nachricht glauben, ich frage mich, wie sich Hannes in zwei Monaten soweit erholen konnte, daß er auch nur daran dachte, die Reise auf sich zu nehmen und überlege, was ich ihm morgen zurückschreiben werde, ohne ihn aufzuschrecken, denn ich hege den Verdacht, daß er mich nur beruhigen will.

Mir fällt das hohe unfreundliche Zimmer ein, als ich es vor Weihnachten das erste Mal betreten habe, er schlief gerade, und ich traute mich nicht, ihn zu wecken. Ein fahlweißes Licht stand im Raum, verwischte die Umrisse der Möbel, die Lampe war noch nicht eingeschaltet worden, ich trat ganz leise ans Fenster. Draußen im Park fielen schwere Flocken, ich verfolgte ihren Weg vom oberen Rand der Scheiben bis zu den Stellen, an denen sie sich träge niederließen, am Sims, auf den Ästen der alten Buche, die im Sommer mit den Schatten ihrer Blätter diesen Raum in ein mattes Licht tauchen würde, und fragte mich, ob er dann noch hier sein würde. Die schmale Gestalt lag zwischen den Polstern, die sie unter den Armen und seitlich der Beine stützten, beidseits der Ohren bildeten sie eine Landschaft aus Hügeln, die Höhlen der

Augen bestimmten dunkel die Züge des entspannt aussehenden Gesichts. Ich schaltete die Tischlampe ein, das ganze Mobiliar wirkte abgenützt, angegilbt, auch das Bett, in dem er lag, war alt, das einzig Tröstliche schien die Infusionsflasche zu sein, die über dem Kopfende hing, wie ein guter Geist, der noch Leben einflößte, Tropfen für Tropfen.

Ein paar Wochen zuvor hatte ich ihn vor dem Rathaus getroffen und zuerst nicht erkannt, so abgemagert war er, nur sein Lächeln, das Aufblitzen der schiefgewachsenen gelblichen Schneidezähne, war mir vertraut. Ich habe mich über seinen grauen Lodenanzug mit den Hirschhornknöpfen gewundert, über die rotgemusterte Schleife unter dem Hemdkragen, der Anblick war ein krasser Gegensatz zu dem Bild, das ich sonst von ihm hatte, wenn er in engen Jeans oder einer schwarzen Lederhose an seinem Zeichentisch arbeitete, mit einem kurzärmeligen viel zu knappen weißen Leibchen, und im Hintergrund dudelte ein verlorener Jazz aus hüfthohen Holzboxen. Er stand etwas zurückhaltend vor mir auf dem Platz, der wegen der Wahlveranstaltung irgendeines Politikers mehr als sonst mit Leuten gefüllt war, man kam nur schwer durch, und als wäre er sich seiner Veränderung bewußt, streifte ein entschuldigendes Lächeln über seinen Mund, während er sagte, er komme gerade aus dem Büro hier um die Ecke. Manchmal hatte er von den verstaubten Oberamtsräten dort erzählt, die an seinen Bauvorschlägen herummäkelten und sie entweder als zu teuer oder als zu modern zurückwiesen, wenn es um eine Genehmigung für einen neuen Entwurf ging.

Einige Zeit später hatte ich erfahren, daß er im Krankenhaus lag, hatte die Station ausfindig gemacht, die erst seit kurzem in Betrieb genommene Spezialabteilung für Infektionskrankheiten, und ich habe mich gewundert, daß ich nicht sofort darauf gekommen war, damals, als ich ihn so mager und angegriffen vor mir stehen sah. Der Brief fiel mir ein, den er uns vor zwei Jahren gezeigt hatte, die Todesanzeige eines Mannes, an den er sich nur mehr dunkel erinnern konnte, eine flüchtige Bekanntschaft bei einem Architektentreffen in Wien, soviel wisse er noch. Schon damals wollte er sich nicht so recht eingestehen, warum ihn einer der Hinterbliebenen überhaupt benachrichtigt hatte. Ich sehe mich noch, wie ich in seiner Wohnung saß, eine Tasse Kaffee in der Hand, auf meinen Knien den Zeitungsausschnitt mit dem Photo eines ernst blickenden jungen Mannes. Die anderen hatten es sich in der Sitzecke gemütlich gemacht, sprachen darüber, wie sie selbst einmal sterben würden und schauten mich groß an, als sie bemerkten, daß ich nicht mitmachte.

Ich ging nach der Vorlesung, die zwei Häuser weiter in einem anderen Klinikgebäude stattfand, häufig bei ihm vorbei und blieb einmal kürzer, einmal länger, je nach seiner Verfassung, und danach, ob seine Mutter ihn besuchte oder nicht. Wenn sie da war, erstarb das Gespräch schnell und sein Gesichtsausdruck änderte sich, er tat so, als fühlte er sich schlechter als sonst, weil er ihre Zuneigung auf diese Art, wie er mir erzählt hatte, am ehesten ertrug. Sie reiste jedesmal für ein paar Tage an, wohnte bei ihrer Schwester in der Stadt und hütete ihren Sohn, als läge er gerade mit Masern im Bett. Wenn er und ich allein waren, erzählte er mir von dem Dorf, in dem er aufgewachsen war, von den Bauern, bei denen er als Kind hatte mithelfen müssen, um mit der Butter und dem Speck, den er bekam, seinen Beitrag zum Haushalt zu leisten. Seine Erzählungen hatten mich überrascht, denn ich hatte immer angenommen, er sei in der Stadt groß geworden, und wenn er sentimental wurde, dachte ich daran, daß er an seiner Krankheit wirklich sterben könnte. Bei einer Gelegenheit ließ ich für ihn meinen Hund vor dem Fenster angebunden warten, denn er liebte Hunde, hatte sich als Kind einen gewünscht und lag mir schon lange mit der Frage in den Ohren, wie der Welpe, den ich vor ein paar Wochen aus einer Zucht geholt hatte, aussehen würde, er wolle ihn unbedingt sehen. Vorsichtig führte ich ihn zum Fenster, und als ich ihn wieder zum Bett zurückbegleitete, erwischte uns der Arzt, der zur Tür hereinkam, und zog mich mit sich ins Stationszimmer, wo er mir einen Vortrag hielt, wie gefährlich jede neue Erkältung für ihn wäre. Ich machte mir Vorwürfe, aber als ich wieder bei ihm war, lachte er darüber und sagte, ihm sei ein offenes Fenster lieber, als in einer Gefängniszelle zu ersticken.

Bald danach fing er an, allein aufzustehen, trat mir einmal sogar im Morgenmantel an der Eingangstür entgegen, weil er wußte, zu welcher Zeit ungefähr ich auftauchen würde und daß er mich damit am meisten überraschen konnte. Seine beiden Mitbewohner und ich machten Pläne, ihn bald herauszuholen und auf einen Ausflug mit dem alten Kabriolett mitzunehmen, das er vor seinem Eintritt in die Klinik neu lackiert hatte, doch bevor wir dazu kamen, an seinem Geburtstag, hielt ihn wieder das Fieber im Bett, er konnte nichts mehr schlukken und mußte über Wochen mit einer Magensonde ernährt werden. Genau in dieser Zeit hatte ich mich entschlossen, mit Paul gemeinsam auf die Alm zu gehen, und ich mußte Hannes erzählen, daß ich die nächsten Monate über nicht in der Stadt sein würde, daß ich eine Ferienarbeit angenommen habe, sechs Autostunden entfernt. Ich weiß noch, wie ich mein Herz schlagen spürte, als ich an der Zimmertür klopfte, und ich war erstaunt, als er sich für das, was ich vorhatte, begeisterte, wissen wollte, wieviele Kühe es sein würden, und immer wieder sagte, daß ich den Hund dort oben sicher gut gebrauchen könne. Er würde dann im Spätsommer, wenn er wieder auf den Beinen wäre, einmal vorbeischauen und zusehen, wie ich mich beim Mistschaufeln in Gummistiefeln machte. In den beiden Monaten danach habe ich ihn nicht mehr so häufig besucht, ich nahm immer öfter Zuflucht bei Ausreden und ließ mich durch die Stationsschwestern, denen ich Bescheid sagte, entschuldigen.

Bei meinem Besuch unmittelbar vor der Abreise fand ich sein Bett frisch bezogen und leer, es dauerte lange, bis ich eine Schwester fand, man habe ihn vorübergehend entlassen, er sei, wenn alles gut gehe, die nächsten Wochen bei seiner Tante einquartiert, ich solle doch dort anrufen, und sie gab mir die Nummer. Seiner Mutter sagte ich am Telephon, daß es mein letzter Tag in der Stadt sei, und nach anfänglichem Zögern stimmte sie meinem Besuch zu. Er sah noch eingefallener aus, und mir kam der Verdacht, daß man ihn zum Sterben nach Hause gelassen hatte. Er erzählte mir, er sei nur für ein paar Stunden in seiner Wohnung gewesen, dann hatten die beiden Alten darauf bestanden, daß er hierherkomme, oder er müsse ins Krankenhaus zurück, sie hatten sich immer geweigert, seine Räume auch nur zu betreten, und ich wußte, sie stießen sich am meisten an dem übergroßen Wasserbett. Zwei Tage hatte er hier in ihrer Obhut verbracht, sie schienen ihn mit Akribie zu pflegen, so als könnten sie damit die Schmach tilgen, die er ihnen angetan hatte, seit er mit seinen wechselnden Freunden im Dorf aufgetaucht war. In ihrer Vorstellung litt er an Blutkrebs, und ich wußte nicht, ob sie es sich selbst so lange vorgebetet hatten, bis sie es glaubten, oder ob ihnen der Arzt diese Diagnose aufgeschwatzt hatte, denn Hannes machte kein Hehl aus seiner Krankheit, nannte sie bei ihrem richtigen Namen.

Der Nachmittag ist schon weit fortgeschritten, als ich mit dem Hund den Bergrücken hinter der Alm hinaufsteige. Am Kamm angekommen, sehe ich, bis meine Augen schmerzen, in das Tal hinunter, das sich vor mir auftut, und ich zähle die braunen Punkte, die ich am Abend wieder melken soll, die dumpf in der Hitze brütenden Kühe, in Grüppchen über die Weide verteilt, als hätten sie sich verständigt, alle in dieselbe Richtung zu schauen, wie Fische im Schwarm. An den gegenüberliegenden Hängen fliegen die Schatten der niedrig dahingleitenden Wolken, die Zeit scheint zusehends schneller zu verstreichen, ich habe noch eine Stunde Zeit, bis ich hinunter muß, setze mich auf einen Stein am Waldrand und spüre, wie die Sonnenwärme dem kühlen Wind seine Kraft nimmt. Noch einmal hole ich die beiden Briefe aus der Tasche, den ersten, den ich schon am Vormittag gelesen habe, und den zweiten mit seiner Todesanzeige. Ich habe ihn erst vor dem Aufstieg geöffnet und betrachte noch einmal den Umschlag, der von Hannes selbst beschriftet worden war. Das Begräbnis ist morgen, ich werde nicht dabei sein können, aber ich weiß, daß ich im Herbst endlich den Bluttest machen muß, den ich schon seit letztem Winter vor mir hergeschoben habe.

Die Spinnen

Für morgen früh hat er seinen Besuch angekündigt, nach zwei Jahren, in denen er nichts von sich hören ließ, hat er ausgerechnet gestern angerufen und gesagt, er würde endlich die Bücher abholen. Es war ein Zufall, daß ich ans Telephon gegangen bin, und danach habe ich mich wieder auf das Bett gelegt, schon vor Stunden, und es ist immer noch dunkel draußen, ich liege in meinen Kleidern auf der Überdecke und starre auf die von der Lampe schwach erhellte Wand, betrachte die feinen Risse im Verputz, die unter der weißen Farbschicht durchschimmern. Vor Jahren habe ich hier selbst ausgemalt, ich erinnere mich an die Herbstsonne, die mir den Rücken gewärmt hat, als ich auf der Leiter gesessen bin, um in aller Ruhe das neu gestrichene Zimmer zu betrachten, bevor ich die letzte Fläche in Angriff nahm, und die Handgelenke taten mir weh von der ungewohnten Bewegung. Jetzt spüre ich die Kälte an meinen Knöcheln hochkriechen, versuche mich zu bewegen, unfähig, die Wolldecke über mich zu breiten, und weiß nicht, wieviel Zeit ich schon so verharre und warte. Das ist mir von früher bekannt, es fängt aus heiterem Himmel an, und ich ahne schon, ich werde mich wieder vergeblich dagegen wehren, es ist zu spät für simple Ablenkungsmanöver wie Einkaufen, ich kann mich dazu nicht mehr aufraffen. Tage lebe ich dann von den Resten im Kühlschrank, Milch und Butter gibt es nicht mehr, das letzte Gemüse verfault, aber ich habe ohnehin keinen Hunger, fühle mich besser, wenn ich nichts esse. Die Stunden, in denen ich in der Küche sitze und zum Fenster hinausstarre oder bewegungslos auf dem Sofa im Wohnzimmer liege, werden immer länger, Stunden ohne Inhalt, und wenn ich von meinem Platz aufstehe, um etwas zu tun, zweifle ich gleich wieder an meinem Vorhaben. Außer Haus zu gehen, habe ich keine Lust, es erscheint mir zu beschwerlich, geradezu unmöglich, geschweige, daß ich es schaffe, die wenigen Verabredungen einzuhalten, die ich ohnehin nur treffe, um mich zu überlisten. Es kommt vor, daß jemand am Tor läutet, nicht oft, aber dann verstecke ich mich hinter dem Küchenvorhang, um von dort aus beobachten zu können, was draußen geschieht, das Haus ist versperrt, der Schlüssel abgezogen. Vorige Woche haben die Nachbarn die Polizei vorbeigeschickt, weil ich ein paar Tage nicht mehr im Geschäft um die Ecke und auch nicht im Garten aufgetaucht bin, aber ich habe erst geöffnet, als man mir drohte, die Tür aufzubrechen. Seit es den Hund nicht mehr gibt, ist es im Haus still, ich vermisse die Geräusche, die er gemacht hat, er hatte sich ständig in meiner Nähe gehalten, und wenn mir auch sonst nichts mehr wichtig war, sah ich doch zu, daß er täglich sein Futter bekam, und war zufrieden, wenn er dann schnarchend auf dem Balkon oder unter den Bäumen schlief. Ich habe mich lange dagegen gewehrt, ihn einschläfern zu lassen, ihn aber dann selbst unter dem Zwetschkenbaum vor dem Haus begraben, und jedesmal, wenn ich aus dem Küchenfenster sehe, bleibt mein Blick an dieser Stelle hängen.

Mir fällt die Zeit wieder ein, als ich das Haus in wenigen Tagen bezugsbereit gemacht habe, obwohl es heruntergekommen war. Für mich war es ein Glücksgefühl gewesen, als die ersten Schachteln mit Geschirr im Hausgang aufgetürmt vor mir standen, der noch feucht nach Farbe roch, ich war stolz darauf, alles selbst bewerkstelligt zu haben, weil es in der Eile nicht möglich gewesen war, Handwerker aufzutreiben. Ich hatte entrümpelt, die Wände mit Leimfarbe gestrichen, die Türen in den Garten getragen und dort abgeschliffen und neu lackiert. Diese Art Arbeit war mir von früher vertraut, denn während des Studiums hatte ich gemeinsam mit Freundinnen einen Trupp für Reparaturen jeder Art auf die Beine gestellt, Mädchen-für-Alles nannten wir uns, Umzüge rasch und billig, Auto vorhanden, wir hatten in den Lokalblättern und in der Studentenzeitung inseriert und konnten eine Weile gut davon leben. Er war gerade drei Wochen auf Reisen, als ich angefangen hatte zu renovieren, und ich nahm es ihm nicht übel, daß er immer irgendwelche Ausflüchte fand, wenn er helfen sollte, ich wußte, daß er keine Vorstellung davon hatte, was zu tun war, bis man endlich einziehen konnte. Offenbar hatte er keinen Sinn dafür, und selbst als ich ihn darauf aufmerksam machte, daß das Dach undicht sei und das Wasser schon im obersten Gang von der Decke tropfte, wich er aus, sagte, es wäre nicht so wichtig, man könne sich mit einer Plastikplane behelfen. Er war ein Büchermensch, der in seiner eigenen Welt lebte, den der Alltag nicht interessierte, und ich machte es ihm leicht, sich noch weiter zurückzuziehen. Oft blieb er länger fort als geplant, wollte für sein neu eröffnetes Antiquariat noch etwas besorgen, und ich erinnere mich genau daran, daß er keinen einzigen Handgriff selbst erledigen mußte, er zog mit seinen vier Koffern ein, in denen er seine persönliche Habe transportierte, für alles andere im Haus hatte ich bereits gesorgt. Ganze Tage verbrachte er lesend in seinem Zimmer, im Lehnstuhl oder am Schreibtisch, und er kam nur zum Frühstück und zum Abendessen in die Küche. Anfangs habe ich ihm eine Tasse Tee gebracht, aber als ich seine Tür immer öfter versperrt vorgefunden habe und er mir nur nach langem Klopfen öffnete, habe ich meine Besuche eingestellt. Wenn ich nachdenke, wieviele Menschen wohl in den fünfzehn gemeinsamen Jahren die Türschwelle des Hauses übertreten haben, waren es ganz wenige, und fast niemand mehr, seit ich allein hier wohne, nur der Stromableser und der Briefträger sind regelmäßig bis in den Hausflur vorgedrungen. Bevor ich ihn kennengelernt hatte, war häufig jemand zum Abendessen eingeladen, und oft wohnte eine Freundin in den Ferien bei mir. Ich sehe an meinem Körper hinunter, sehe die Falten des blauen Kleides über meinen Hüftknochen, warum habe ich mir dieses Blau einreden lassen, dieses blaue lange Kleid, das er mir in einer Laune gekauft hatte. Früher habe ich gern Braun und Weiß getragen, aufeinander abgestimmt, Blau war nie meine Farbe gewesen, ich habe seine Stimme ganz dicht an meinem Ohr, du bist schön in diesem Blau, unendlich schön, und ich habe das Kleid auch seit der Scheidung nicht mehr getragen, bis es mir gestern in die Hände gefallen ist, als ich vor der Garderobe gestanden bin und mich, wie so oft in letzter Zeit, nicht entscheiden konnte, was ich anziehen sollte. Dann erscheint mir jede Hose zu weit, alle Farbkombinationen sind untragbar, und ich muß mich zusammennehmen, nicht auf der Stelle umzudrehen, wenn ich aus dem Haus gehe. Ich fühle mich angestarrt, in der Straßenbahn, im Geschäft, und ich bin froh, nicht mehr zur Arbeit gehen zu müssen, seit mich der Arzt vor ein paar Wochen krankgeschrieben hat.

Als es allmählich heller wird, ertappe ich mich dabei, wie ich fixiert auf einen Fleck über dem Spiegel starre, zuerst habe ich nur flüchtig hingesehen, ein schwarzer Punkt, nichts weiter, aber dann erkenne ich eine Spinne, sehe ihre langen Beine, die sich träge bewegen, und ich weiß, daß es wieder soweit ist, ich bin mir sicher, daß sie kommen, genau so wie damals. Ich stehe auf, ziehe mir den Morgenmantel über, zwinge mich, nicht noch einmal an die Wand zu sehen, als ich mich beim Hinausgehen umdrehe, und nehme die fast leere Medikamentendose mit, die ich auf dem Nachtkästchen liegengelassen habe. Am besten, ich schlucke zwei Tabletten, um mich zu beruhigen, und vielleicht kann ich dann sogar schlafen und liege nicht wieder wach im dunklen Zimmer, lausche nicht auf das kreischende Geräusch der Straßenbahn. Ich schalte die Herdplatte und den Heizkörper ein, und als ich eine Tasse aus der Kredenz hole, sehe ich das dahinter gestapelte Geschirr, das wir nie benutzt haben. Die vielen Teller und Tassen waren mir aus der Zeit nach dem Einzug geblieben, als ich alles für ein Gartenfest zur Hauseinweihung gekauft hatte, aber bevor ich die Einladungen verschicken konnte, bat er mich, damit zu warten, er fühle sich nicht imstande, diesen Almauftrieb zu ertragen, und es kam auch später nicht dazu. Er wollte niemanden im Haus haben, keine Arbeiter, nicht die Putzfrau, die ich angestellt hatte, und Besuche meldeten sich keine, ich vermied es, Bekannte einzuladen, weil er eine Art hatte, höflich mit ihnen umzugehen und unwichtige Fragen zu stellen, auf die er keine Antwort erwartete. Jeder fühlte sich unwohl und konnte nicht genau sagen, warum, ich hatte lange genug zugeschaut, um es zu wissen, und manchmal taten mir seine Sätze weh, es war ein Ziehen, nicht genau lokalisierbar, aber eigentlich konnte man ihm nichts vorwerfen. Er wußte nicht, was er sagen sollte, war schnell unsicher, und die einzigen Male wo er aus sich herausging, waren Abende im Gespräch mit jemandem, der genau wie er unentwegt über Bücher reden konnte. Oft langweilte es mich, wenn es dazu kam, und es hatte keinen Zweck, auf seine Hilfe zu hoffen, auf Erklärungen oder auch nur auf ein an mich gerichtetes Wort, so gab ich es auf, mich gegen meine Zuhörerpose zu wehren und zeigte kein Interesse mehr dafür, womit er sich beschäftigte.

Beim ersten Auftauchen der Spinnen war ich nicht beunruhigt gewesen, Ungeziefer gehörte zu einem alten Haus, und vereinzelte Nester hatte es immer schon gegeben, in den Dielenecken, hinter den rostigen Rohren im Keller, bis sie nach und nach in jedem Raum ihren Platz beanspruchten. Er gab vor, sie nicht zu bemerken, und nach einigen vergeblichen Versuchen machte ich mir nicht mehr die Mühe, ihn darauf hinzuweisen, er wollte sie nicht sehen, sprach von Hirngespinsten, und damit basta. Der große Einfall kam, als er mit seiner Sekretärin zusammengezogen war und seine Koffer abgeholt hatte. Die darauffolgende Nacht verbrachte ich allein im Haus, und als ich aufstand, um mir zum Einschlafen ein Glas Wasser zu holen, knirschte es bei jedem Schritt unter meinen Füßen, der ganze Boden wimmelte vor Spinnen, sie waren in allen Zimmern, an den Wänden, in den Vorhängen, auf der Treppe, im Gang. Ich floh ins Gartenhaus und legte mich in die Hängematte, aber am nächsten Morgen waren sie auch dort, und als er mich anrief, willigte ich in die Scheidung ein. Es lag mir nichts mehr daran, mit ihm verheiratet zu sein, ich hätte ihm nie zugetraut, daß er mich wegen einer anderen Frau verlassen würde, hatte selbst nicht einmal im Traum daran gedacht, ihn zu betrügen. Der Abschied war wortkarg verlaufen, von dem Zeitpunkt an, als er mir sagte, daß er gehen würde, ich hatte ihn behandelt, als sei er Luft, hatte an ihm vorbeigesehen und auf seine Fragen nicht mehr geantwortet. Er war damit beschäftigt gewesen, seine Koffer und Truhen zu packen und die letzten Bücher, für die er keinen Platz mehr hatte, in Kisten auf den Dachboden zu schleppen. Es dauerte nicht lange, und die Spinnen nahmen derart überhand, daß ich zum erstenmal froh über mein einsames Leben war, ich hätte mich geschämt, wenn jemand zufällig vorbeigekommen wäre. Ich versuchte, so lange das Haus mit Insektenmitteln zu reinigen, bis ich erschöpft den Arzt anrief, und war schließlich einverstanden, eine Woche auf Erholung zu einer Freundin zu fahren. Dort angekommen, sah ich schon am ersten Abend die kleinen schwarzen Knäuel aus meinem Koffer fallen, und von da an war mein Verdacht bestätigt, daß sie in dem Buch nisteten, das er mir geschenkt hatte. Über seine Geste war ich erstaunt gewesen, denn sonst hatte ich nicht einmal eines zur Ansicht bekommen, und erst als ich die Viecher während meines ganzen Aufenthaltes nicht mehr los wurde, wunderte ich mich nicht mehr und bestellte nach meiner Rückkehr den Kammerjäger, um wenigstens das Haus von der Plage zu befreien.

Ich setze den Teekessel auf die Herdplatte, das alte Ding habe ich einmal von meiner Mutter geschenkt bekommen, Erbstück ihres Großvaters, eingebeult und zerkratzt, solange ich zurückdenken kann, ist er zu Hause auf dem Ofen in der Küche gestanden. Mit seinem leisen Knacken und Pfeifen hat er mich beruhigt, und die Geräusche haben mir auch dieses Haus vertraut gemacht, wenn ich in der Küche am Tisch gesessen bin und wie jetzt gewartet habe, bis langsam der Dampf aus dem Kessel aufzusteigen beginnt, sich am Fenster verfängt, zuerst an den oberen Scheiben und nach und nach die Sicht auf die Straßenlaternen vernebelt. Alles geht langsam vor sich, ich habe Zeit und gehe zum Herd, um einen Blick dahinter zu werfen, ich habe es geahnt, dort hinten am Rand des schwarzen Lochs neben der Sesselleiste tasten sich feingliedrige Fühler an der Wand entlang, Spinnenbeine, wahrscheinlich ist der ganze schmale Raum unter den Dielen des Holzbodens bereits voll von ineinander verwobenen und übereinander krabbelnden Leibern, dort warten sie, um aus allen Ritzen zu kriechen. Er wird sie nicht wieder wegleugnen können, wenn er heute kommt, ich werde mich von ihm nicht länger wie eine Verrückte behandeln lassen. Mein Blick bleibt am Türstock hängen, auf dem Nagel für den verrosteten Schlüssel, der zum Schloß der Dachbodentür gehört, und auch dort bewegt sich ein winziger Punkt die Leiste entlang bis zum Abschluß des Türrahmens, an dem die oberste elfenbeinfarbene Schicht abzublättern beginnt, ich habe mir vorgenommen, den Lack dieses Frühjahr zu erneuern, inzwischen ist der Sommer schon fast vorüber und nichts ist geschehen. Auf einmal fallen mir die Kisten wieder ein, die er am Dachboden über die Jahre gestapelt hat, alle voll alter Bücher, mit den letzten, die er bei seinem Auszug dort hinaufgetragen hatte, müssen es an die vierzig sein. Er hatte mich weggeschickt, als ich damals beim Verstauen helfen wollte, geradeso als hätte er die Spinnen mitverpackt. Sie haben sich dort ungestört vermehren können, sich die ganze Zeit über von seinen Büchern ernährt, wahrscheinlich existiert kein einziges Exemplar mehr, die Schachteln und Kisten quellen davon über, und sie warten nur darauf, ans Tageslicht zu kommen, um mich anzufallen, wenn ich mich zum Schlafen lege.

Ich muß etwas unternehmen, und zwar jetzt, es hat keinen Zweck zu warten, er wird bald da sein. Ich hole die alten Gummistiefel aus der Truhe im oberen Stock und ziehe sie an, ich habe sie noch aus der Zeit, als der Hund jung war und ich mit ihm stundenlange Spaziergänge im Wald unternommen habe. Den Regenanzug kann ich nicht finden, und es bleibt keine Zeit mehr, nach ihm zu suchen. Ich ziehe die schwarzen Lederhandschuhe über, die ich im Vorbeigehen von der Garderobe genommen habe, schnüre den Morgenmantel fest, unter dem das blaue Kleid hervorschaut, schnappe einen Zipfel des weichen Stoffes und stecke ihn in den Gürtel, um beim

Gehen nicht behindert zu sein. Im Stiegenaufgang zum Dachgeschoß ist die Deckenbeleuchtung kaputt, ich taste mit feuchten Fingern im Dunkeln nach dem Schloß und höre mich dabei schimpfen, als würde das etwas nützen. Der Klang meiner Stimme macht mich mutiger, und ich zögere nur einen Augenblick, als sich die Tür fast geräuschlos öffnet. Ein modriger Geruch steigt mir in die Nase, und im schmutzigen Licht tappe ich langsam voran, bis ich auf die Kisten stoße. Ich trage eine nach der anderen direkt unter das Fenster und staple sie dort. Von der ungewohnten Anstrengung sofort schweißnaß, arbeite ich ohne Unterbrechung und klettere schließlich mit der ersten Ladung auf das Dach, die leicht abschüssige Ziegelfläche nach vorn bis zur Regenrinne, dort hole ich Schwung und werfe sie über den Vorsprung hinaus. Dann warte ich, bis ich von unten ein Poltern höre, krieche auf allen Vieren zurück, und kaum ist die letzte Kiste zwischen den Büschen im Vorgarten gelandet, laufe ich hinunter, trage die verstreuten Seiten und Bücher zusammen, gehe in den Keller, um den Reservekanister zu holen und übergieße alles mit Benzin. Ich nehme eines der losen Blätter, die im Gras liegen, zünde es an und werfe es auf den Haufen, der vor Spinnen ganz schwarz ist, trete zurück und suche in meinen Taschen nach einer Zigarette. Das Feuer flammt auf und wird kleiner, aber bevor es ausgeht, stürze ich ins Haus, suche im Wohnzimmer nach der Schachtel mit den Photos aus unserer gemeinsamen Zeit, trage sie mit beiden Händen hinaus und lege sie vorsichtig auf die Glut. Danach suche ich in der Abstellkammer das Gift, das ich schon vor Monaten gekauft habe, und beginne damit, alle Räume anzusprühen, entlang den Sesselleisten, den Türrahmen, kein Spalt im Haus darf vergessen werden. Wieder im Garten, ziehe ich den Morgenmantel aus, das blaue Kleid, und werfe beides in die noch glosende Asche.

Die Glut knistert und kracht noch, als ich ein kurzes blaues Blitzen in den Fenstern des Hauses gespiegelt sehe, ein regelmäßiges An- und Abschwellen, das nicht aufhören will, es blinkt stumm im Takt, und ich lausche, aber es ist ruhig im Garten, bis vom Tor her Stimmen laut werden. Ein Auto ist vorgefahren, und ich erwarte ihn schon, aber über den Kiesweg herauf kommen drei Gestalten auf mich zu. Drei Männer in weißer Kleidung. Dahinter steht er auf der Straße, und ich höre, wie er meinen Namen ruft. Es dämmert bereits. Es ist soweit.

Die Frau

Er sitzt mit vorgebeugtem Oberkörper am Fensterplatz des Zugabteils und hält mit beiden Händen das Schwarzweißphoto in einiger Entfernung vor sich hin, die Brille ins Haar geschoben, er kneift die Augen zusammen, um besser sehen zu können, neigt den Kopf etwas zur Seite. Das Bild hat er aus dem hintersten Fach seiner Brieftasche geholt, warum er es all die Jahre mit sich herumgeschleppt und nicht in eines der Alben zu Hause eingeordnet hat, kann er nicht sagen. Er legt es zur Seite, sein Blick bleibt an seinen dünnen Oberschenkeln hängen, die sich knöchern durch den Kord der Hose drücken, und er erinnert sich an den grauen kratzenden Stoff, in den sie damals alle gesteckt worden waren, und an den Stolz, den diese Kleidung ihnen eingeflößt hatte, als sie nach der Matura mit ernsten Mienen für die Aufnahme nebeneinander aufgereiht worden waren. Die Stimme des Schaffners unterbricht ihn, und er sucht nach der Fahrkarte. Er hat den Zug genommen, man hatte ihm einen Flug angeboten, wie das bei anständig organisierten Vortragsreisen für Professoren so gehandhabt wurde, doch er wollte den Wechsel der Landschaften verfolgen können, zuerst die Berge, dann das Grasland, das von welligen Hügeln allmählich in eine grüne Ebene übergeht. An Dörfern vorbei, wie damals, langsam auf die Hauptstadt zu, nach mehr als vierzig Jahren nach Paris.

Das Photo liegt vor ihm auf der Ablage, er ist allein im Abteil, keinerlei Unterhaltungen aus anerzogener Höflichkeit, die er auch im Alter nicht ablegen kann, erst recht nicht, wenn es bereits zu spät ist und irgend jemand ihm gegenüber Platz nimmt, vom Blasenleiden der Mutter, der Krebserkrankung der Nachbarin oder den schlechten Zeugnisnoten der Kinder zu erzählen beginnt und die heruntergebetete Litanei kein Ende nehmen will. Er hat immer schon versucht, die Menschen einzuteilen in freundliche und unfreundliche, in besitzergreifende und zurückhaltende, in Schwätzer und Stumme, es gibt eine lange Liste, die er durchgeht, nach einem Schema, das er jahrelang wortlos angewandt hat, für sich selbst, außerberuflich, auf der Straße, in einer Warteschlange am Amt oder in einem Lebensmittelgeschäft, wenn er vor der Wurstvitrine gestanden ist und den Frauen zugesehen hat, wie sie mit knappen Bemerkungen die Verkäuferinnen zu Untergebenen machen und sich nebenbei über die Details eines neuen Kochrezepts unterhalten. Ob er will oder nicht, er kann nicht aufhören, sich Gedanken über die Verhaltensweisen anderer zu machen, und manchmal, wenn er sein Gegenüber betrachtet und ins Sinnieren verfällt, muß er unweigerlich schmunzeln, bei der Vorstellung, welches Bild sich die anderen von ihm machen. Wie sieht er denn überhaupt aus, welchen Beruf würde man ihm anzudichten versuchen, oder macht man das bei alten Männern nicht mehr, ist er in den Augen der anderen nur mehr ein Pensionist, geschlechts- und gesichtslos, höchstens noch mit Attributen versehen wie in Ehren ergraut, schlank geblieben, schrullig, denn nur junge Leute beurteilt man differenzierter. Das Älterwerden hat ihm schon immer Mühe gemacht, mit vierzig hat es bereits angefangen, und er ist froh, daß es ihm nicht so gegangen ist wie seinem Freund, ein Herzinfarkt, und dann war es vorbei mit seinen hundertzwanzig Kilo, gleich nach dem fünfzigsten Geburtstag, zu Tode gefressen, war das erste, was ihm einfiel, als Hutter ihn anrief, ob er auch zum Begräbnis komme, es sei zwar kein schöner Anlaß, aber man sollte sich doch wieder einmal treffen. Brachmeiers früher Tod hat ihn nicht erstaunt, Dicksein hatte von jeher den Geruch von Unglück für ihn, und er wußte nicht, ob es mit seiner Großmutter zu tun hatte, deren wulstige Hände er nie vergessen konnte, wie sie ein Stück Schnitzel in heißes Fett legte und ihm zu verstehen gab, er solle sich hinsetzen. Plötzlich hat er den Geruch von damals in der Nase, erinnert sich an die klebrige Schicht, mit der sich die Fensterscheiben bezogen, während er, knapp sechsjährig, auf der Ofenbank saß und zum Großvater ins Wohnzimmer hineinschaute, der ihn nicht gehört hatte, weil er neugierig hinter den vergilbten Gardinen saß und sie mit seinen dürren Händen einen Spalt auf die Seite schob, um nach ihm, seinem Enkel, Ausschau zu halten, der zum Essen kommen sollte. Der

Hutter ist der einzige, der ihm von Frankreich übriggeblieben ist, ein Dachdeckermeister, mit dem er sich ein- bis zweimal im Jahr traf, obwohl sie an den entgegengesetzten Enden des Landes wohnten, die Erinnerung an Paris verband sie miteinander, alles andere mußten sie sich bei jedem Treffen von neuem erzählen, und sie brachten die Geduld auf, einander über die Jahre nicht aus den Augen zu lassen, obwohl sie sonst wenig gemeinsam hatten.

Auf einem Schild am Bahnsteig sieht er einen Ortsnamen, der ihm bekannt vorkommt, auch an das alte Stationsgebäude glaubt er sich zu erinnern, es war damals grau und beschädigt, jetzt steht es weiß getüncht neben den Geleisen. Sie sind in Güterwaggons transportiert worden, für Truppentransporte stand nichts mehr anderes zur Verfügung, hier haben sie Halt gemacht, nach mehrmaligem Lesen des Namens ist er sich sicher, hier sind sie aus Feldküchen verpflegt worden, dann haben sie sich auf der anderen Seite des Bahnhofsareals in einem Bach gewaschen, träge sind sie wieder in die Waggons gekrochen, müde vom Essen, das schon längst fällig war, erschöpft vom Gedränge und der Kälte. Er lag damals zwischen Hutter und Brachmeier, die ihn auch noch weiter begleiten sollten, sie waren Freunde, kaum, daß ihm ein Streit mit ihnen einfällt, außer dem einen Mal, als die beiden hier am Bach einer jungen Frau, die ein Kind an der Hand führte, nachpfiffen und über sie

Witze machten, er weiß wieder, daß er Brachmeier aus lauter Zorn am Hals gepackt hatte und würgte, bis Hutter zu Hilfe eilte und sie dann von anderen getrennt werden mußten. Zum Schluß hatten alle drei eine Verwarnung erhalten, mit der Androhung, die Essenszuteilungen gekürzt zu bekommen.

Er freut sich auf das Wiedersehen mit Besendorfer, seinem früheren Assistenten, der ihn abholen wird, er hat ihn schon mehr als zehn Jahre nicht gesehen. Besendorfer war immer ein Sturschädel in Diskussionen gewesen, wenn es darum gegangen war, unterschiedliche Diagnosen gegeneinander abzuwägen, er hatte ihn dafür geschätzt und geglaubt, in ihm endlich den geeigneten Nachfolger gefunden zu haben. Aber Besendorfer war nach Frankreich gezogen, weil sich seine Frau nie an Wien gewöhnen konnte, sie war ständig krank gewesen, und als sie schließlich eine ganze Reihe von Ärzten aufsuchte, wegen der ständigen Magenbeschwerden, dem immer wiederkehrenden Schwindel, der sie oft für Tage ins Bett zwang, für den sich aber nie ein Grund hatte finden lassen, entschloß er sich kurzerhand, nahm die erstbeste Stelle an, die er in Paris bekommen konnte, und brachte seine Frau in ihre Heimat zurück, in der Hoffnung, sie würde sich wieder erholen.

Als die ersten Hochhäuser und Wohnblocks der Stadt auftauchen, kann er die Ankunft kaum erwarten, öffnet das Fenster und lehnt sich hinaus, um nichts zu versäumen, und es befällt ihn eine Unruhe, wie er sie schon lange nicht mehr verspürt hat. Am Bahnhof hält er Ausschau, und sein Blick fällt als erstes auf Besendorfer, der eisern am Bahnsteig die Menge überragt, eisern, das war das Wort, das ihm von jeher zu dieser Statur einfiel. Dann steht er schon vor ihm, mit den vertrauten Fältchen um die Augen, mit seinen rotblonden Haaren, er nennt ihn noch immer Professor, obwohl er doch selbst in diesen Rang aufgerückt ist, und sie klopfen sich gegenseitig auf die Schultern, nachdem sie sich zuerst schüchtern einen Augenblick lang die Hände gereicht haben.

Am Morgen nach der Ankunft läuft er vom Hotel aus ziellos durch die Straßen, einen Stadtplan braucht er nicht, er findet sich noch immer einigermaßen zurecht, so viel hat sich nicht verändert, seit er vor mehr als vierzig Jahren hier gewesen ist, nur die Gebäude wirken eine Spur glanzvoller. Als hätte ein lange auferlegtes Verbot keine Geltung mehr, versucht er in die Gegend zu gelangen, wo er sich mit seinen Freunden oft in einem Café getroffen hat, er findet das Lokal eher zufällig, erkennt die bis zum Boden reichenden Fenster mit der eingravierten Inschrift über der Eingangstür. Er fühlt sich leicht und traurig, würde gern sein Leben, das ihm brav und bieder erscheint, gegen ein anderes eintauschen, vielleicht gegen das von Besendorfer, aber was hat sein Kollege letztendlich anderes gemacht, als täglich Patienten versorgt, täglich fährt er in die Klinik, so, wie er selbst es getan hat, nein, dieses Leben ist es nicht, das er sucht, obwohl er ihn um den raschen und endgültigen Entschluß hierherzukommen immer beneidet hat. Vielleicht ist es aber auch nur das Klischee dieser Stadt, dem er aufsitzt, deren Menschen doch genau das gleiche Leben haben wie Leute sonstwo, weil sie wie alle anderen Geld verdienen müssen, um essen, schlafen und sich fortpflanzen zu können.

Der Vortrag ist ohne Zwischenfälle verlaufen, sein Französisch hat ihn nicht im Stich gelassen, das Auditorium war aufmerksam, seine eingestreuten Scherze über kulturelle Unterschiede wurden wohlwollend aufgenommen, obwohl er sich mitten im Reden wegen seiner altprofessoralen Pointen besser auf die Zunge gebissen hätte. Zum Schluß wäre er am liebsten unbemerkt verschwunden, doch Besendorfer war stolz und zufrieden mit seinem Auftritt. Es gab keine Möglichkeit zu entkommen, er wollte kein Unwohlsein vortäuschen, obwohl man ihm sicherlich mit Rücksicht auf sein Alter und nach den Strapazen der Reise verziehen hätte, aber die Höflichkeit ließ ihn die Klinikbesichtigung mitmachen, außerdem waren zwei Abschlußprüfungen angesetzt, Besendorfers Studenten sollten sozusagen am lebenden Objekt zeigen, was sie gelernt hatten. Die erste Prüfung begann mit einer Patientenvorstellung, der Student, dem er die letzten schlaflosen Nächte noch an den

Augen ablesen konnte, mußte nach dem Gespräch mit dem ihm zugeteilten Kranken zu einer Diagnose gelangen. Er hörte sich dessen Ausführungen unkonzentriert an, er schaffte nur Bruchstücke aufzunehmen und bemühte sich, von Zeit zu Zeit wohlwollend zu nicken, damit niemand merkte, wie wenig er bei der Sache war. Vor ihm auf dem Pult lag die Krankengeschichte, und er holte die Brille aus der Brusttasche seines Sakkos und begann, sich darin zu vertiefen, ohne auf das Frage- und Antwortspiel zu achten, das, von Besendorfer dirigiert, eingesetzt hatte.

Ein klassischer Fall, wie er mit einem Blick erkennt, die Patientin, um die es geht, ist seit vierundvierzig Jahren ununterbrochen in psychiatrischen Kliniken gewesen, die Polizei hatte sie in Marseille aufgegriffen, in völlig verwahrlostem Zustand. Von der Frau selbst war nichts über ihre Herkunft in Erfahrung zu bringen, sie hatte kein Wort gesprochen, aber kurz nach ihrer Einweisung angefangen, Briefe an einen Mann in Österreich zu schreiben, liest er erstaunt. Er lauscht auf das gleichförmige Gebrumm im Hintergrund, das darauf hindeutet, daß Besendorfer den Studenten zu korrigieren beginnt, und er weiß, daß er in den nächsten Minuten sicher nicht bei der Lektüre gestört werden wird, die ihn zu interessieren beginnt, immerhin kam ein Landsmann vor. Die Briefe sind teilweise erhalten, weil sie wegen des unbekannten Adressaten zurückgeschickt worden waren. Sie wurden archiviert, doch viele waren unleserlich, teilweise wirr, alle mit Bleistift geschrieben. Die Ärzte hatten angenommen, daß sie an einen imaginären Freund gerichtet waren, und auch die Dinge, die sie beschrieb, hatten, wenn man sie überhaupt entziffern konnte, wenig Reales an sich, aufgezeichnete Wahngebilde eben, die für die Behandlung der Patientin unerheblich waren. Im Hörsaal ist es still geworden, und er sieht sich um, bemerkt, daß alle Anwesenden auf etwas zu warten scheinen, blickt zu Besendorfer hinüber, der auf ihn zukommt und erklärt, die Patientin würde nun hereingeholt, damit man ihr noch ein paar Fragen stellen könne. Er hat ihn kaum gehört, so sehr hat er sich auf die Blätter vor sich konzentriert, die ihm von der Chronik eines Dahinvegetierens hinter Anstaltsmauern erzählen, einem Fall, wie er ihn schon viele Male gesehen hat. In den letzten fünf Jahrzehnten sind abwechselnd verschiedenste Behandlungsmethoden angewandt worden, kalte Bäder, Insulinkuren, Elektroschocks, damals noch ohne Narkose, mit bestem Wissen und Gewissen, zum Wohl der leidenden Menschen, je nachdem, welche Methode gerade als die einzig richtige gegolten hat, als letzter Schritt die Durchtrennung der beiden Hirnhälften, man hatte nichts unversucht gelassen, bis die ersten Neuroleptika eingesetzt wurden, aber auch sie waren bei der Patientin kein Erfolg gewesen. Gerade als er dabei anlangt, daß sie weiter an ihren Briefen schrieb, sie aber nicht mehr abschickte, sondern den behandelnden Ärzten übergab, die sie von einem gewissen Zeitpunkt an einfach in den Papierkorb warfen, tritt unbemerkt aus der Tür neben dem Rednerpult eine kleine dickliche Gestalt mit grauen Haaren, von einem jungen Mann in weißer Kleidung begleitet. Etwas an ihr weckt seine Neugier, und er schaut aufmerksam zu, wie sie sich zu der Bank in der ersten Reihe führen läßt und dort mit steifen wächsernen Bewegungen Platz nimmt, völlig mit sich selbst beschäftigt, so als befinde sie sich ganz und gar allein im Raum. Ihre Hände ziehen zitternd ein Stofftuch aus der Tasche ihrer gestreiften Kittelschürze, sie neigt den Kopf langsam, und als sie ihren Blick auf die hinter ihm gelegene Holzvertäfelung richtet, entdeckt er an ihrer Schläfe das große dunkle Muttermal, das er kennt. Er schlägt das Deckblatt zurück, um ihren Namen zu lesen, und erstarrt.

Es beginnt bereits zu dämmern, als er die Klinik verläßt, er blickt die elfenbeinfarbenen Häuserfassaden entlang und er schüttelt den Kopf, beginnt leise vor sich hinzureden, kann nicht glauben, daß er vor zwanzig Minuten die Frau gesehen hat, die er nach dem Krieg zu sich nach Wien holen wollte und die er in dem Café kennengelernt hat, in das er von Hutter und Brachmeier immer zum Kartenspiel geschleppt worden war. Er kam dann fast jeden Tag, konnte den Blick nicht von ihrem schlanken weißen Hals und den hochgesteckten schwarzen Haaren wenden. Sie war knapp über zwanzig, hatte begonnen, Rechtswissenschaften zu studieren, und arbeitete nebenher für ein paar Stunden abends hinter der Theke. Nach Wochen, in denen er sie nur stumm beobachtet hatte, sprach er sie das erste Mal an, aber er erinnert sich nicht mehr daran, was er sagte, nur, daß er die Sätze vorher immer wieder geprobt hatte, seine Förmlichkeit und ihr Lachen darüber ist ihm noch bestens gegenwärtig. Damit hatte begonnen, was für ihn nichts als eine kleine Affäre sein sollte, ihre Familie war über den Mann in deutscher Uniform ohnehin nicht begeistert. Am Ende des kleinen Platzes angelangt, fällt ihm das wieder ein, und er bleibt eine Weile stehen, lehnt sich an das Geländer eines Aufgangs und läßt die hell erleuchteten Fenster des Cafés nicht aus den Augen. Der große Raum ist fast leer, als er eintritt, und er geht zielstrebig auf einen schmalen Holztisch zu, in der Hoffnung, dort noch eine Zeit ungestört allein sitzen zu können, das Abendessen bei Besendorfer würde er später absagen, er hat die Absicht, früh ins Bett zu gehen. Er sucht in der Geldbörse nach dem zweiten Photo, das er seit vielen Jahren bei sich trägt, vierundvierzig Jahre ist es her, eine gestellte Photographie, aufgenommen vor dem Essen mit der Verwandtschaft, sie posieren am Aufgang zur Gloriette, seine Frau im elfenbeinfarbenen Kleid, mit weit ausschwingendem Rock und eng anliegendem hochgeschlossenem Oberteil, das weiße Spitzenjäckchen über den Arm gehängt, er im grauen Anzug, mit silberner Krawatte. Die Farben des Bildes sind verblaßt, alle eine Spur bräunlich, sogar das Blau ihrer Augen, und das Rot der Dächer im Hintergrund ist zu einer einzigen Fläche verschmolzen. Wie immer, wenn er darauf schaut, kann er seine Rührung kaum zurückhalten, sie war an diesem Tag fast noch ein Kind und hatte sich in seinem Leben dann im Hintergrund gehalten, war stets da gewesen, wenn man sie brauchte, hatte seine Hemden gekauft, die Wohnzimmereinrichtung des neuen Hauses ausgesucht, die noch immer dieselbe war, und er war aufgestiegen, Professor geworden, letztendlich auch durch ihren einflußreichen Vater. Aus der Zeit in Paris hatte er ihr nichts erzählt, wozu auch, sie war eine behütete Tochter und hätte es nicht verstanden, wenn er ihr gesagt hätte, daß für ihn einmal ein ganz anderes Leben vorstellbar gewesen war, und beim Gedanken daran bestellt er bei der jungen Serviererin, die an seinen Tisch kommt, ein Glas Wein. Draußen auf der Straße eilen Passanten vorbei und ihn fröstelt, er starrt auf das Bild und nimmt sich vor, seiner Frau zu schreiben, daß er noch ein paar Tage bleiben will, vielleicht sollte er sie auch anrufen und sagen, er hätte alte Bekannte getroffen und könne nicht sofort nach Hause zurück.

Am nächsten Nachmittag fährt er wieder in die Klinik. Er setzt sich vor das Zimmer der Patientin in eine Ecke des Gangs und wartet, bis sie auftaucht. Auf sie zugehen und sich bei ihr vorstellen, wie er es vorgehabt hat, kann er nicht, aber er grüßt sie und ist sich sicher, daß sie ihn nicht erkennt, zumindest ist nicht die kleinste Regung in ihrem Gesicht zu sehen, sie eilt an ihm vorbei, ihre steif herabhängenden Arme pendeln kaum beim Gehen, während sie auf die gläserne Schwingtür zusteuert. Unauffällig folgt er ihr in den Park und setzt sich auf eine Bank, um sie von weitem auf ihren Runden, die sie nach scheinbar exakten Regeln unter den Bäumen entlang der Kieswege zieht, zu beobachten. Schon als Student war er in den nahegelegenen Park der Psychiatrischen Klinik in Wien geradelt, die Lehrbücher im braunen Leinenrucksack, und hatte dort im Schatten der hohen ausladenden Linden gelesen, wenn er es in seinem Zimmer nicht mehr aushielt und das Wetter schön war. Ganze Tage hatte er dort verbracht und nach und nach auch die Spaziergänger kennengelernt, vielleicht hatte er deswegen später seinen Beruf gewählt, weil er sich merkwürdig behaglich fühlte in dieser Umgebung. Die Zeit damals, mit all seinen Versprechen, sie bald zu holen und den Plänen, die er mit ihr gehabt hatte, taucht wieder vor ihm auf, während er ihr zusieht, wie sie von einer jungen Frau in das Haus gegenüber geleitet wird. Allmählich beginnt sich der Hof zu leeren, eine kleine Glocke auf dem Anstaltsturm läutet zum Abendessen, und er legt sich der Länge nach hin, starrt ins dunkle Laub über ihm und schließt die Augen.

Das Herz

Licht, grelles Licht, Grau, eine Betonwand, man kann den Abdruck, das Muster der Schalungsbretter noch erkennen. Weit weg hörst du ein Blubbern, Blasen im Wasser, ein sattes Geräusch, grobblasig, dann siehst du die Umrisse eines aluminiumgerahmten Fensters, eine Schattenlinie an der kaltglatten Hausmauer gegenüber, die Sonne scheint, muß scheinen, warum sonst der Schatten, du kannst den Rand des Fensters nicht ausmachen, über der Mauer der Himmel, es muß der Himmel sein, das hier ist die Erde. Du liegst mit nach hinten überstrecktem Kopf da, versuchst dich zu orientieren. Ein Piepston, regelmäßig, dann langsamer werdend, im Hintergrund ein tieferer Ton, im Takt, wie der Takt des Weckers auf deinem Nachttisch, auf den du immer gelauscht hast, mitten in der Nacht, wenn die Sekunden länger waren als sonst, weil du nicht einschlafen konntest. Dein Hals schmerzt, dein Nacken, es ist jemand anderer im Zimmer, du hörst schnarchenden Atem, wendest den Kopf, das Fenster hinter deinem Bett scheint über die ganze Wandbreite zu reichen, dein suchender Blick erreicht die Ecke, dort ein mit weißem Plastikband verkleidetes Steigrohr, an der Decke Neonlampen, hell erleuchtet, das Rohr geht am unteren Rand des Bildes in ein Metallgestell über, du siehst alles schneller, als du es begreifen kannst, lange tiefe Dunkelheit. Dann wieder das Metallgestell, Kopfende eines Bettes, du siehst die Knickstelle der Metallstange, daran befestigt die mit Kunststoff überzogene Halterung für die Hände, drehst den Kopf zurück und entdeckst über dir eine weitere Stange, es hängt keine Halterung daran, sie haben dich richtig eingeschätzt, du könntest sie nicht einmal benützen, bist zu schwach, um dich daran aufzurichten. Über deinem Brustkorb brennt die Haut, eine Hand legt sich auf deine Stirn, ein glatter schmaler Gegenstand wird aus deiner Achselhöhle gezogen, sie messen die Temperatur, wie deine Mutter, wenn du mit Grippe im Bett gelegen bist, du weißt nicht, wer sich gerade über dich beugt, du hast einen süßlichen Geruch in der Nase, erkennst ein Parfüm, das dich an Blumen erinnert, riechst den Schweiß, der sich damit vermischt, du möchtest die Hände sehen, die dir die Decke bis zum Hals ziehen, aber du kannst jetzt die Augen nicht öffnen, vielleicht später, alles ist träge. Das Kissen unter deinem Kopf bewegt sich, der Nacken von unsichtbaren kühlen Fingern gefasst, wird gehoben, nach einer Weile wieder zurückgelegt, der Stoff des Kopfpolsters ist glatt und trocken, du bemerkst erst jetzt, wie feucht er vorher war. Du nimmst den Lufthauch der Hände wahr, die neben deinen Ohren die Falten der Stoffoberfläche glattstreichen, an deinen Schläfen und Wangen entlang, dann nichts mehr, du horchst, jemand verläßt auf Gummisohlen, vorsichtig auftretend, den Raum. Am Hinterkopf, auf den Schultern und auf dem Rücken fühlt sich die Haut taub an, stumpf, und dein ganzer Körper drückt gegen die Unterlage, als wolle er durch die Bettlaken hindurch, du stellst dir vor, wie er von Stockwerk zu Stockwerk durch alle Mauern dringt, wie er im Keller einen Augenblick liegenbleibt und sich dann in Richtung Erdinneres voranarbeitet, es hält ihn nichts, durch braune und schwarze Erdschichten, bis er im flüssigen Zentrum verglüht. Aus deinem Kopf muß das Blut gewichen sein, du sitzt mit geschlossenen Augen auf einem Karussel, nein, du liegst still, ganz still, in der Ferne ein Rauschen, ein langgezogenes immer lauter werdendes Pfeifen, Stimmen, zuerst neben dir, entfernen sich, hallen nach in dem großen leeren Raum, der dich umgibt.

Du siehst die weißlich gerippten Quadrate der Deckenverkleidung über dir, ein Viereck fehlt, dahinter ahnst du die Installationseingeweide des Überwachungszimmers, im Blickfeld hinter der losen Abdeckung aluminiumumwickelte dicke Röhren, daneben zwei dünnere Plastikrohre, sie sind durch schwarze schmale Halterungen zusammengefügt, in gleichbleibenden Abständen, doch die letzte fehlt, du fühlst dich in deinem kindlichen Aberglauben bestärkt, ein Unglück wird unweigerlich auf dich zukommen, warum sonst hätte sich deine Aufmerksamkeit darauf gerichtet, und du erinnerst dich daran, wie du am Abend, bevor du in die Klinik gekommen bist, versucht hast, einen Rhythmus für deine Schritte zu finden, die Straße zum Stadtplatz hinauf, auf dem alten Kopfsteinpflaster, und wie du ihn erst ganz am Ende, als bereits der regennaß spiegelnde Asphalt in Sicht war, gefunden hast, eins und zwei und drei und eins, und du warst erleichtert, kein Grund bestand mehr, Angst zu haben, du hast unter deinem Schirm den strömenden Regen gehört, den feuchten Hauch in deinem Gesicht gespürt und hast dir eine Zigarette angezündet, obwohl dich der Arzt schon seit Monaten gemahnt hatte, nicht mehr zu rauchen.

Das Fieber scheint zu steigen, dir ist heiß, du bist schweißnaß, vor deinen Augen drei Gestalten in Weiß, sie stehen in ihren Mänteln am Fußende des Bettes und sehen dich nicht an, die Gesichter verschwimmen vor der Deckenbeleuchtung, Satzfetzen setzen sich in deinem Ohr fest, fiebersenkende Wickel, Injektion, Schwester bitte, der Raum hinter den Rohren ist nicht mehr da, du kannst das fehlende Viereck nicht finden, durch das du vielleicht hättest fliehen können, an den Plastikrohren entlang, bis du für niemanden sichtbar ins Freie gelangt wärest. Gleich darauf bist du wieder allein, versuchst deine Zehen wahrzunehmen, sie zu bewegen, unter der dünnen Leinendecke, du hebst den Kopf aus dem Kissen, damit du wenigstens siehst, was du nicht spüren kannst, aber vor Dir, über deinen Brustkorb geschoben, steht ein Gestell, dessen Drahtstäbe sich unter dem darübergebreiteten Leintuch abzeichnen. Du mußt dich erst vergewissern, daß dieser Körper dir gehört, auch der Teil, der verdeckt ist, mußt ihn mit deinen Oberarmen, Unterarmen, Händen, die reglos daliegen, in Verbindung bringen, so unwirklich blaß ist die Haut. Lange schaust du darauf und versuchst dir den Brustkorb vorzustellen, wie er gewesen ist, bevor sich die Tür zum Operationssaal hinter dir geschlossen hat, bevor sie mit einem Skalpell zunächst die Haut und dann die Muskeln und mit einer Säge das Brustbein durchtrennt haben, vom oberen bis zum unteren Ende und dahinter ängstlich dein Herz, wie ein in seiner Höhle kauerndes Tier. Du denkst, du solltest dich endlich bewegen, um dir zu beweisen, daß du da bist, wieder wach, was aber, wenn kein Teil deines Körpers mehr deinem Willen gehorcht und du nur noch auf das Schlagen in dir lauschen kannst. Du hörst lange auf den Rhythmus, der dir fremd erscheint, wie an Fäden gezogen hebt sich eine Hand deinem Gesicht zu, du spürst sie an der Stirn, fühlst, wie sie an der Haut entlang streicht, wie sich die Finger an die Nasenwurzel drücken, auf deinen Mund legen, und deine Augen brennen, der Blick wird verschwommen, Hitze im Kopf. Wieviel Zeit vergangen ist, seit sie dich nackt aus dem Bett gehievt und auf eine Waage gelegt haben, bevor dich ein Pfleger wie ein Stück Fleisch durch ein schmales Fenster geschoben hat, den Körper mit einem blauen Baumwolltuch bedeckt, wieviel Zeit seitdem vergangen ist, weißt du nicht, es ist dunkel draußen, du siehst nach hinten schräg zum Fenster, das noch immer da ist, du bist im selben Raum, es hat sich nichts verändert, nur die Zeit ist dir entglitten. Die Geräusche kennst du inzwischen, das Blubbern der Blasen in einem großen Wasserglas, das du dir am Boden, neben deinem Bett stehend, vorstellst, die Hauswand auf der anderen Seite scheint jetzt schwarzgrau, an deren oberen Ende drei Fenster, aus ihnen fällt bläulich kaltes Licht. Im vorderen Teil des Raums, teils verdeckt von einer weiß verglasten Wand, steht ein Kasten, dessen Türen geöffnet sind, im Inneren siehst du Flaschen mit weißen Etiketten aneinandergereiht, davor bückt sich eine Schwester über ein Metallgestell, hantiert mit kleinen Gegenständen, die du nicht erkennen kannst. Du versuchst dich auf ihr Gesicht zu konzentrieren und herauszufinden, ob es dir vertraut ist, dein Blick bleibt an ihren stark geschminkten Wimpern hängen, dick aufgetragen das Schwarz, du möchtest verstehen, womit sie sich beschäftigt, ob es etwas mit dir zu tun hat, ob sie im nächsten Moment zu dir kommen wird. Aber das angestrengte Hinsehen macht dich müde, du schließt die Augen, und plötzlich bist du wieder das Mädchen, das über seinen Hausaufgaben sitzt und Angst hat, sich aufzulösen, zu verschwinden aus dem Raum, der erfüllt ist von Blasmusik, die in der Ferne aus einem Radio kommt, und vom Geklapper der Töpfe auf dem Herd, das sich immer weiter von dir wegbewegt. Du beobachtest, wie deine Mutter das Mittagessen zubereitet, sitzt wie versteinert da, ein Pfeifen im Ohr, in deinem Hals, in deinem Arm bewegt sich etwas, ein loses Teil, das im Inneren des Körpers entlangzugleiten scheint, vom Herz heraufsteigt, mit jedem Pulsschlag weiter, ein kurzer Schmerz, und alles ist vorbei, du bist noch da. Die Blasmusik wird lauter, du hörst sie ganz deutlich und nah, am Herd steht deine Mutter und rührt mit einem Holzlöffel in einer Schüssel, du riechst den Geruch von warmen Zwetschken und läßt erleichtert deine Finger über die Tischplatte streichen. Wie lange es wohl her ist, seit sie dich zum Lift gefahren haben, weg von der Station, von den Zimmernachbarn, die dir alles Gute wünschten, in einem Ton, als würdest du zum Schafott geführt, weg von der Stationsschwester, die dir noch nachgewinkt hat. Sie haben dich am Gang stehen lassen, und du hattest Zeit, den Schloßberg in der Ferne durch das Fenster zu betrachten, von dort hast du noch vor zwei Wochen über die roten Ziegeldächer hinüber zum Krankenhaus gesehen, im Licht der schwachen Vorfrühlingssonne. Dann hat sich die Lifttür hinter dir geschlossen, und es gingen dir Bilder von aztekischen Ritualen durch den Kopf, die du als Mädchen in einem Geschichtsbuch entdeckt hattest, und bei denen das Herz den Opfern aus dem lebendigen Leib gerissen wurde.

Wenn Sie so weitermachen, werden Sie mit vierzig nicht mehr leben und mit dreißig auf ein Sauerstoffgerät angewiesen sein, Sie sollten sich, falls Sie nicht operiert werden wollen, um eine Wohnung im Erdgeschoß umsehen, bevor Sie nicht mehr Treppen steigen können. Der Internist hatte erklärt, was kommen wird, und du hattest ihn nicht ernst genommen, mit dem Gefühl, es sei alles in Ordnung, selbst das Sportverbot in der Schule hatte dich nicht berührt, du kanntest nichts anderes, es war für dich wichtig gewesen, dabei zu sein, deine bläulich verfärbten Lippen nach dem Laufen waren für dich beim Blick in den Spiegel normal. Operation am offenen Herzen, eine Maschine transportiert das Blut, das Herz hört auf zu schlagen, du konntest dir wenig darunter vorstellen. Jetzt liegst du da, mit deinen Schmerzen, mit dem fremden Pochen in der Brust, das stärker scheint als je, der Arzt steht neben dir, du hast ihn nicht kommen hören, er nimmt das Drahtgestell vom Bett, und endlich siehst du deinen verbundenen Oberkörper, an dem er mit einer Schere den Verband löst, dann die Klebestreifen in schmerzhaften schnellen Rucken herunterzieht und die Ränder der Wunde mit Benzin zu tränken beginnt, um die dicken Blutkrusten aufzuweichen. Was du siehst, die wulstig aufgetriebene dunkelrote Haut, die fast bis zum Nabel reicht, erschreckt dich und das umso mehr, wenn du dir vorzustellen versuchst, wie sie vernarbt und verheilt. Der scharfe Geruch des Desinfektionsmittels brennt dir in der Nase, du möchtest weg, nicht warten, bis alles vorbei ist, in drei, vier Wochen vielleicht, wenn du wieder allein aufstehen kannst und dann alles nicht mehr so sein wird wie früher.

Du mußt an die Taube denken, die ein paar Wochen davor einen ganzen Sonntag lang im Baum des Hinterhofs gepiepst hat, und tags darauf hast du sie in den Ästen hängen sehen, mit nassem Gefieder, vom Regen der Nacht, ihre Umrisse waren nicht mehr zu erkennen, sie hatte sich in einer Astgabel verfangen und nach langem Kampf ergeben, hing da, mit dem Kopf voran, ein Flügel aufgeklappt, vielleicht hättest du dem schrillen Gepfeife nachgehen sollen. Dein Herz scheint bei jedem Schlag an der Innenseite der Rippen zu reiben, du spürst den Puls, das Brennen der gespannten Haut über dem Brustbein, hörst den Pfeifton deines EKG, der das Zimmer erfüllt, gejagt von dem eines anderen, der langsamer folgt, dann ein Zusatzschlag, als wollte der Rhythmus ins Gleichmaß springen, du weißt nicht, wer sich dahinter verbirgt. Du drehst den Kopf zur Seite und siehst im Bett neben dir eine gebogene Nase grau aus den Kissen ragen, geht es Ihnen besser, das kommt stockend daher, es wird wieder still, du wartest, und als du von neuem einzudösen beginnst, folgt noch eine sarkastische Bemerkung, wissen Sie, ich dachte, warum Sie, warum nicht ich altes Huhn. Dann bricht die Stimme ab, und du versuchst vergeblich etwas zu erwidern, bringst kein Wort hervor, nickst nur und hebst leicht die Hand von der Decke.

Auf einem in vorsommerlich grüne Wiesen eingebetteten Ackerweg kommt dir ein Mann entgegen, in einem langen weißen Gewand, mit beiden Händen eine Stange vor sich hertragend, an deren oberen Ende quer über seinem Kopf eine goldbestickte Fahne aus schwerem Stoff hängt, Schweißperlen stehen auf seiner Stirn. Dahinter schlurft gebückt ein Greis, dessen Schultern, Brust und Rücken bedeckt sind von einem glitzernden Umhang, unter dem sich bei jedem Schritt ein ihm bis zu den Knöcheln reichendes schwarzes Gewand hervorschiebt, seine ausgetretenen Schuhe scheinen sich wie von selbst im Staub vorwärtszubewegen, er hält ein Buch, aus dem er vorträgt. Auf dem Weg hinter ihm drängt sich eine kleine Gruppe schwarz gekleideter Gestalten, deren Gesichter dir fremd sind. Du hörst sie singen, ein dir vertrautes Lied, du weißt nicht, woran es dich erinnert. Dir ist viel zu heiß, an der Stirn fühlst du einen kalten Stofflappen, du siehst die Schwester über dich gebeugt, sie kühlt deine Schläfen, du kannst die Farbe ihrer Augen erkennen, bläuliches Grün, das Zimmer scheint zu schwanken, beginnt sich zu drehen, dein Körper ist nur noch Hülle einer pochenden Masse, du drehst den Kopf, blickst zum benachbarten Bett, wie um Hilfe zu suchen. Aber wo vorher die Nase aus dem Kissen ragte, wölbt sich nur die glatte Fläche des Kopfpolsters, die du nur kurz sehen kannst, weil sich die Schwester ganz dicht neben dich stellt, du horchst in die Weite des sich drehenden Raums, nur ein Ton, kein anderer folgt ihm nach, dazwischen das Blubbern der Blasen in den Flaschen neben deinem Bett, du hörst wieder deinen eigenen Atem, triffst den Blick der Schwester, kannst nicht verstehen, was sie dir sagt, aber du glaubst von ihren Lippen das Wort Zwischenfall entziffern zu können, dann wird es wieder dunkel vor deinen Augen.

Elsa

Elsa sitzt in einem bunten Kleid mir gegenüber im Vorgarten des Staßencafés, ich kenne das Lokal von früher, ich hatte mich manchmal mit Freunden hier verabredet, wenn ich aus den neonbeleuchteten Studierräumen entkommen wollte, weil mein Kopf nach Stunden vor den Vitrinen voll von anatomischen Präparaten schon brummte, an denen ich versuchte, den Lauf der Arterien, Venen und Nerven in den verschiedenen Regionen des Körpers nachzuvollziehen. Sie hatte mich dort einmal besucht, bleich im Gesicht mußte sie nach wenigen Minuten fluchtartig den Raum verlassen, der Anblick der in Formalin konservierten Körperteile war ihr unerträglich gewesen. Ich erinnere sie daran, und wir lachen, wenn du wüßtest, welche Angst ich ausgestanden habe. Nach und nach reiht sich eine Geschichte an die andere, über jeden einzelnen der sechs, die wir damals ein paar Straßen weiter gemeinsam gewohnt haben. Inge hatte an einer Vernissage einen Maler kennengelernt und war bald darauf mit ihm zusammengezogen, und sie hatten sich hinter einer kaltperfekten Fassade ihr mit Zirkel und Lineal konstruiertes Leben eingerichtet. Engelbert war wohl heute noch nicht mit seinem Studium fertig, und wir sind uns einig, daß er vorbeikommen wird, wenn wir nur lange genug hier sitzen bleiben, mit einem Bündel Flugblätter unterm Arm, die kein Mensch haben will. Nein, sie habe in den letzten Jahren niemanden mehr getroffen, habe nur über Umwege gehört, daß Ruth noch immer in der alten Wohnung ist, angeblich allein, und daß sie, von einem Studium im Ausland zurück, eine Forschungsstelle an der Universität angenommen hat. Oskar habe in Italien reich geheiratet und seine Celloausbildung nicht weiter fortgesetzt, er sei Privatier geworden, seine stundenlange Überei hätten wir ganz umsonst ausgehalten, sie lacht und dreht sich zu ihren Kindern hin, die beide neben dem Tisch im Kies sitzen, mit sich und ihren Spielzeugautos beschäftigt. Bald nach mir sei sie selbst aus der Wohngemeinschaft ausgezogen, richtig wohlgefühlt habe sie sich nie, auch wenn sie sich das damals nicht eingestanden hätte, und dann die ganze Geschichte mit den immer wiederkehrenden schlechten Stimmungen, das hat zwar schon Jahre vorher angefangen, aber als wir zusammengewohnt haben, ist es erst so richtig arg geworden, ihr wart alle in eure Bücher vergraben, und ich hatte nichts. Sie rührt in der Schokolade für die Kinder, probiert, ob sie zu heiß ist, ich lebe jetzt mit meiner Familie auf dem Land, auch die letzte Stelle in einer Gärtnerei habe sie aufgegeben, und sie sei froh, aus der Stadt weg zu sein.

Vor mir sehe ich den dunklen Küchenschlurf, den Lichtschein am Boden, der aus der geöffneten Tür zu Elsas

Zimmer fällt, ich sitze mit den anderen am Tisch, bin gerade aus der Klinik zurück, wohin ich Elsa im Rettungswagen begleitet habe, ich starre auf den Zettel mit der Telephonnummer der Notambulanz, die ich vor mir liegen habe, erzähle den anderen, daß ich nicht weiter gekommen sei als bis zum Eingang der Intensivstation, hinter dem sie, auf eine Trage gebettet, verschwunden war, der Arzt hatte noch gesagt, er wüßte nicht, ob sie es schafft. Wir werden sie abwechselnd besuchen gehen, Oskar versucht die Stille zu durchbrechen. Du brauchst den Mund gar nicht aufzumachen, schreit Engelbert, wer ist denn vorige Woche auf die Idee gekommen, ihr das Kleid zu verstecken, und er steht auf, verschwindet in sein Zimmer und schlägt die Tür hinter sich zu. Engelbert hatte Inge, Oskar und dann auch mich beschuldigt, daß wir uns unmöglich aufgeführt hätten, und er war im Recht. Oskar, der Idiot, hat wirklich so getan, als wüßte er nichts von dem Kleid, das er selbst aus ihrem Schrank genommen und auf den Wäschestrick im Hof gehängt hatte, weil er befürchtete, sie würde es am Abend zu einem Konzert anziehen, in das alle gemeinsam gehen wollten, dieses bunte Kleid mit dem Spitzenkragen, auf das sie so stolz war und in dem sie aussah, als käme sie aus der tiefsten Provinz. Erst nach einigen Tagen hatte sie es entdeckt, unförmig und völlig durchnäßt vom Regen.

Das kleine Durchgangszimmer mit dem grünen Kachelofen war ein paar Monate leer gestanden, bevor Elsa zu uns kam, die junge Verkäuferin, deren Einzug alle schon einige Zeit beschäftigt hatte, und in endlos langen Diskussionen wurde der Entschluß gefaßt, daß man nicht unbedingt studieren müsse, um bei uns unterkommen zu können. Wir hatten Elsa durch Vermittlung eines Freundes von Engelbert kennengelernt, der wußte, daß wir noch immer einen neuen Mitbewohner suchten, weil die bisherigen Bewerber keiner der beiden Fraktionen, in die sich die Wohngemeinschaft teilte, ganz entsprach. Denen von der Kunst waren die meisten nicht gepflegt und sensibel genug, und die von der Politik wollten niemand Unkritischen einziehen lassen, oder es scheiterte überhaupt daran, daß sie gerade nicht dem richtigen Geschlecht angehörten. Mit Elsa war das anders, sie war allen sympathisch, man wußte nur, daß sie in der Blumenhandlung in der gleichen Straße arbeitete und daß sie einen Freund hatte, der von uns als Berufsjugendlicher bezeichnet wurde, weil er in einer Kleidung herumlief, die mindestens seit einer Generation niemand mehr trug, und damit älter aussah, als er eigentlich war, und weil er schon seit Jahren landauf, landab Nachwuchswettbewerbe für Rockgruppen organisierte. Sie brachte eine Menge Topfpflanzen mit, die sie umständlich im ganzen Zimmer verteilte, es fiel uns sofort auf, daß sie keinen Schreibtisch besaß, und es dauerte nur wenige Tage, bis wir sie davon überzeugt hatten, daß sie einen brauchen würde.

Ihre Einrichtung erschien uns allen ein wenig jungmädchenhaft, und irgendwie schaffte es Inge, daß Elsa eines Tages ihren großen Korbsessel auf den Sperrmüll stellte, sie habe genug von ihm, sein Knistern ginge ihr schon lange auf die Nerven. Das Blumengeschäft war eine kleine Bretterbude am Marktplatz unter den Platanen, direkt am Weg zur Universität, wir waren stolz auf unsere neue Verbindung zur Welt, die sich mit Elsas Anwesenheit auftat, plötzlich kannten wir jemanden, der in der nächsten Umgebung arbeitete, und wenn sie am Abend erzählte, ein Mann sei am benachbarten Zeitungskiosk zusammengebrochen und der Krankenwagen habe auf sich warten lassen, oder ein voller Brotkorb sei vor der Bäckerei gestohlen worden, dann genossen wir das Gefühl, an einem Leben teilzunehmen, von dem wir keine Ahnung hatten.

Elsa kramt in ihren Taschen, die sie im Netz des Kinderwagens verstaut hat, sie sieht auf die Uhr, ich habe noch eine Stunde Zeit, mein Mann kommt mich erst um drei unten am Markt abholen, wir fahren, wenn er später zur Arbeit muß, manchmal gemeinsam in die Stadt, und stell dir vor, das Blumengeschäft haben sie abgerissen. Ich hatte im Vorbeigehen vorhin schon gesehen, daß die Bretterbuden verschwunden waren, aber an den Verkaufsstand habe ich nicht gedacht, ich war schon seit Jahren nicht mehr hier. Elsa wechselt schnell die Themen, ich lasse sie, höre ihr zu, während ich an früher denke. Inge war zuletzt nur sporadisch in der Wohnung, sie kam nach Hause, um sich frische Kleider zu holen, dann bin ich ausgezogen, dann Elsa, später Oskar, der mit seiner Italienerin verschwunden ist, ohne noch, wie vereinbart, sein Zimmer auszumalen, zumindest hatte mir das Ruth einmal erzählt. Engelbert ist mir durch seine unregelmäßigen Anrufe eine Zeitlang erhalten geblieben, er hat auch am längsten zu Elsa Kontakt gehabt. Aus den meisten wird wohl etwas geworden sein, und über die ganze Geschichte mit Elsa haben wir einfach nicht mehr geredet, meine Unsicherheit von damals spüre ich heute noch. Die Sonne wirft unruhige Schatten auf Elsas Stirn, sie kritzelt gerade ihre neue Adresse für mich auf den Deckel der Zigarettenschachtel, die Haare fallen in einzelnen Locken aus dem am Hinterkopf aufgesteckten Knoten in ihr noch immer puppenhaftes Gesicht, ein paar Falten um die Augen, eine Furche an der Nasenwurzel haben ihr Lachen, das mir von früher so gut bekannt ist, verändert, es hat etwas von seiner hellen Leichtigkeit verloren. Ich versichere Elsa, daß ich sie im Sommer noch besuchen werde, und stecke das Stück Papier in meine Geldbörse.

Entschuldige, ich glaube, der Kleine ist naß, Elsa steht auf und verschwindet mit einem Kind im Arm über die Treppe ins Innere des Cafés, ich beobachte den zurückgelassenen Bruder, der neben dem Zaun Gräser ausrupft und sie mir büschelweise auf den Tisch legt, ich lobe ihn abwesend. Auf einmal ist alles wieder da, das Bild meines Zimmers von damals, die verschmutzten Glasscheiben, durch die schwaches Morgenlicht fällt, es ist Zeit aufzustehen, und eigentlich sollte mich Elsa schon geweckt haben, sie ist sonst immer die erste. Seit sie hier wohnt, habe ich jemanden, mit dem ich gemeinsam frühstücken kann, alle anderen sind Langschläfer, und meistens, wenn ich noch unter der Dusche stehe, läuft Elsa schon hinunter ins Geschäft, um frische Semmeln zu holen. Es ist ganz ruhig in der Wohnung, ich horche an der Doppeltür, höre Elsas laute Atemzüge und bin mir nicht sicher, ob ich mich melden soll, sie hat heute frei, ich trinke meinen Kaffee und beeile mich, in die Bibliothek zu kommen, ich wecke sie nicht. Was mich an diesem Tag dazu veranlaßt hat, ganz gegen meine Gewohnheit zu Mittag nach Hause zu gehen, weiß ich nicht, es war ein naßkalter Spätwintertag, und der matschige Schnee lag überall auf den Straßen und Gehsteigen. Ich habe sie in ihrem Zimmer gefunden, als ich, durch das fortwährende Schnarchen beunruhigt, mehrmals an ihre Tür geklopft und keine Antwort erhalten hatte. Sie lag in einem Durcheinander von Decken und Kleidern auf ihrem Bett und hatte Schaum vor dem Mund, und ich erinnere mich, daß ich nach den anderen geschrien habe, aber niemand hat mir geantwortet, wir waren allein in der Wohnung.

Elsa stellt den Kleinen auf den Boden, der wie sein Bruder Gräser auszureißen beginnt, ich warte, bis sie sich wieder hingesetzt hat, und sehe sie an, nein, viel Neues weiß ich auch nicht, ich habe vorige Woche Inge angerufen, sie hat sich nicht einmal besonders gefreut, obwohl ich mich nach Jahren das erste Mal wieder bei ihr gemeldet habe, sie hat mir erzählt, daß du inzwischen Kinder hast, das wußte ich bis dahin gar nicht. Ich habe oft an Inge denken müssen, weil ich eine Patientin mit gleichen Namen betreut habe. Bevor ich weitererzähle, stocke ich, und um Elsa abzulenken, bestelle ich beim Kellner, der gerade vorbeikommt, ein Glas Wasser, ich will mit ihr nicht über Krankheiten reden. Sie hat jetzt beide Kinder auf dem Schoß, die etwas ungeduldig die Schokolade trinken, sie wollen wieder zurück auf den Boden, Elsa hilft ihnen, die Tassen zu leeren, und zeigt dann auf ihre vollen Einkaufssäcke, möchtest du eine frische Marille, ich nehme dankend an, und sie reicht mir aus der obersten Tasche drei kleine Früchte, ich habe jetzt wieder angefangen, aufwendiger zu kochen, das beruhigt mich, morgen gibt es Marillenknödel, wir werden den halben Tag beschäftigt sein, sie nickt in Richtung der Kinder. Schon früher hatte sie gern gekocht, ich sehe sie verzweifelt den Kopf über unsere dürftige Küchenausrüstung schütteln, kein Salatbesteck im Haus und keine große Pfanne, dabei hatte sie eine Freundin zum Essen eingeladen, und sie entschloß sich kurzerhand, einen Eintopf zu machen, aber als wir am Tisch saßen und Elsa an alle austeilte, begann Oskar, die Freundin zu löchern, ob sie die letzte Ausstellung im Kunsthaus gesehen habe, welche Musik sie gerade höre, und Engelbert konnte es nicht lassen, von jedem einen Tip für die nächste Wahl zu erfragen. Elsa wurde immer stiller, nachdem sie versucht hatte, von ihrer Freundin abzulenken, und gab schließlich auf, ich sehe noch ihre nassen Augen, als die anderen bereits in ihren Zimmern verschwunden waren und sie sich nervös eine zweite Zigarette anzündete, während die erste ungeraucht im Aschenbecher brannte.

Nach Elsas zweitem Selbstmordversuch haben wir sie alle in der geschlossenen Abteilung der Klinik besucht, jeder hatte Blumen mitgebracht, Schokolade, und Engelbert tauchte mit einem Teddybären auf, der so traurig aussah, daß wir überlegten, ob er ihn Elsa überhaupt schenken sollte. Wir saßen im Aufenthaltsraum der Station, und die Schwester führte Elsa an der Hand aus dem Krankenzimmer, sie wirkte aufgedunsen, abwesend, wir hatten sie seit Wochen nicht gesehen, weil sie zunächst auf der Intensivstation gelegen war und dort nur von den engsten Verwandten besucht werden durfte. Elsa setzte sich in einen der großen Stühle, in dem sie fast versank, und während wir uns bemühten, sie aufzuheitern, sah sie nur aus dem Fenster in den trüben Nachmittagshimmel. Wir machten uns lustig darüber, daß die meisten auf der Abteilung in Nachthemden herumliefen, fragten sie, ob wir ihr nicht ihren gelben langen Rock mitbringen sollten, damit es wenigstens einen Farbtupfer gab, aber nach einer Weile waren wir alle verstummt, und es blieb uns nichts anderes übrig, als sie allein zurückzulassen, in einer Umgebung, von der wir uns keine rechte Vorstellung machen konnten. Sie sagte nie viel, auch bei den nächsten Besuchen nicht, und freute sich über unser Kommen, wollte aber nicht, daß wir uns lange bei ihr aufhielten, weil sie Angst hatte, wir könnten uns langweilen. Insgesamt war sie einige Monate fort, und wir warteten von Mal zu Mal darauf, daß es ihr besser ging. In den kurzen Unterhaltungen schien sie uns zuerst völlig normal, dann entschuldigte sie sich plötzlich, sie sei auf einmal entsetzlich müde, und zog sich in ihr Zimmer zurück. Vielleicht hätten wir öfter hingehen sollen, aber wenn ich sie vor mir sehe, wie sie eingehüllt in einen hellblauen Morgenmantel am Ende eines langen Korridors am Fenster steht, mit dem Blumenstrauß in der Hand, den Inge für sie ausgesucht hatte, riesengroße rosa Pfingstrosen, dann verstehe ich besser, warum wir es nicht getan haben.

Kommt gar nicht in Frage, daß sie jetzt auszieht, wo sie doch ohnehin nicht weiß, wie es weitergehen soll. Vielleicht verliert sie die Arbeit, und dann, Engelbert steht mit hochrotem Kopf in der Tür zum Badezimmer, in das Inge gerade verschwunden ist, die mit leiser Stimme erwidert, daß sie nur gemeint habe, Elsa wäre vielleicht bei ihren Eltern zu Hause besser aufgehoben, wer kann denn von uns schon die Verantwortung für sie übernehmen, du vielleicht. Engelbert steckt seine Hände in die Taschen der ausgebeulten Hose, hör jetzt sofort auf, dich zu schminken, und komm wieder heraus, wir müssen wissen, was wir wollen, sonst versinkt hier alles nur im Chaos. Beide kehren wieder an den Tisch zurück, an dem Oskar sich gerade ein Brot streicht, er möchte nicht angesprochen werden, und Ruth sieht mich erwartungsvoll an, was sagst du dazu.

Elsa zeigt mir eine Aufnahme von ihrem alten Haus, eine weitere von den Buben, die in einer Blechbadewanne auf einer Wiese herumplantschen, am Bildrand sind der Fuß und die Schulter eines Mannes abgeschnitten, der einen Wasserschlauch in der Hand hält. Ich weiß nicht mehr, was ich damals gesagt habe, ich wußte nur, daß nichts wirklich gut war, ich wollte Elsa nicht aus dem Haus haben, und ich hatte Angst um sie, wenn sie bei uns blieb. Seid ihr noch immer zusammen, frage ich sie und zeige auf die abgeschnittene Schulter, eigentlich will ich aber von ihr hören, ob sie damals enttäuscht von uns war und was sie sich über jeden einzelnen von uns gedacht hat, aber ich ahne im selben Moment, daß sie nicht die Wahrheit sagen würde. Sie verstaut die Photos in ihrem Stoffrucksack, wir haben geheiratet, als das zweite Kind kam, das war vielleicht eine Hochzeitsgesellschaft bei uns im Garten, Elsa zieht sich eine Jacke an, weil die Sonne hinter dem Haus gegenüber verschwunden ist, sie erzählt weiter und weiter, und ich möchte ihr sagen, wie leid es mir tut, versuche die richtigen Formulierungen zu finden, taste mich von Satz zu Satz, aber sie fällt mir ins Wort, wehrt sich dagegen, an diese Zeit erinnert zu werden, sie habe außerdem viel vergessen, weißt du, manchmal denke ich, es liegt an den Medikamenten, ich muß oft richtig in meinen Erinnerungen kramen, und dann ist da nichts, und langsamer bin ich auch geworden, die Ärzte behaupten, das sei alles normal.

Ein halbes Jahr später höre ich, daß sie wieder in der Klinik ist, diesmal soll es noch schlechter um sie stehen, und ich sehe sie vor mir, wie sie in ihrem geblümten Kleid mir gegenübersitzt, das Spielzeugauto von Erde reinigt, das ihr einer der Knirpse auf den Tisch gelegt hat, wie sie dann mit den Kindern an der Hand den Gastgarten verläßt. Sie dreht sich zweimal zu dem Platz um, an dem ich noch immer sitze, und ich weiß, daß ich ihr etwas nachrufen sollte, vielleicht, daß ich sie bald besuchen werde, aber alles, was mir in den Sinn kommt, erscheint mir unpassend und plump, ich hebe die Hand zum Abschied, bis sie hinter der nächsten Hausecke verschwunden ist.

Inhalt

Melitta Breznik
Nachtdienst

Eine Erzählung. 1995, 120 Seiten, gebunden

Eine junge Frau kehrt zurück an den Ort ihrer Kindheit, um ihrem Vater das letzte Lebewohl zu sagen. In der Erinnerung beginnt sich die Vergangenheit neu zu ordnen, und aus der Distanz wird eine überraschende Nähe und Vertrautheit möglich. – Eine beeindruckend intensiv erzählte Geschichte.

»Mit wenigen sicheren Strichen zeichnet die Autorin Menschen und Landschaften, schafft eine Nähe, die den Dingen ihr Geheimnis beläßt.« Neue Zürcher Zeitung

»Seit Ulla Berkéwiczs Erzählung ›Josef stirbt‹ gab es in der deutschsprachigen Literatur keinen derart eindrucksvollen Versuch, den Tod und die Empfindungen, die er auslöst, in Sprache zu bannen«

Rheinischer Merkur

»Man liest dieses Debüt mit dem eigentümlichen Gefühl, das Destillat eines um viele Seiten stärkeren Manuskripts in Händen zu halten – so durchgearbeitet, so dicht und auf das Wesentlichste beschränkt ist diese Prosa.«

Frankfurter Allgemeine Zeitung

Susanne Röckel
Chinesisches Alphabet

Ein Jahr in Shanghai, 1999, 224 Seiten, gebunden

Ein knappes Jahr lebte die Schriftstellerin Susanne Röckel in Shanghai und lehrte dort Deutsch an der Universität. Ihre Beobachtungen, Assoziationen und Geschichten aus der chinesischen Metropole, einer Stadt zwischen Ost und West, Tradition und Moderne, zeigen eine im Umgang mit ihren künstlerischen Mitteln souveräne Autorin: Sie sind von scheinbar spielerischer Leichtigkeit und großer Kraft.

»Susanne Röckel beweist in ihrem jüngsten Buch wieder ihre große Fähigkeit, Details zu zeichnen, die Poesie der Alltagsdinge.« Süddeutsche Zeitung

»Ihre Texte sind eine brillant geschriebene Annäherung an Shanghai und bestechen sowohl durch sprachliche Originalität als auch durch die leidenschaftliche Subjektivität.« Focus